听见

一位听力专家
与20个患者的
心灵对话

黄青平 著

重庆出版集团
重庆出版社

图书在版编目(CIP)数据

听见:一位听力专家与20个患者的心灵对话/黄青平著. —重庆:重庆出版社, 2021.2
ISBN 978-7-229-15759-3

Ⅰ.①听… Ⅱ.①黄… Ⅲ.①纪实文学—作品集—中国—当代　Ⅳ.①I25

中国版本图书馆CIP数据核字(2021)第032729号

听见:一位听力专家与20个患者的心灵对话
TING JIAN:
YIWEI TINGLI ZHUANJIA YU 20 GE HUANZHE DE XINLING DUIHUA
黄青平　著

责任编辑:袁婷婷
责任校对:何建云
装帧设计:刘　倩

策　　划:翟艳华
助　　理:刘亚铃
插画绘制:余诗羽
版式设计:熊　茜

重庆出版集团　出版
重庆出版社

重庆市南岸区南滨路162号1幢　邮编:400061　http://www.cqph.com
重庆天旭印务有限责任公司印刷
重庆出版集团图书发行有限公司发行
E-MAIL:fxchu@cqph.com　邮购电话:023-61520646
全国新华书店经销

开本:787mm×1092mm　1/16　印张:16
2021年3月第1版　2021年5月第2次印刷
ISBN 978-7-229-15759-3

定价:48.00元

如有印装质量问题,请向本集团图书发行有限公司调换:023-61520417

版权所有　侵权必究

序

静静地听，深深地爱
黄青平

　　一个新生命在母体里孕育到六个月时，听觉系统已发育完成，就开始听见妈妈的声声呼唤，这个新的生命还没面世就开始通过声音认识世界了。声音就时时刻刻萦绕在我们的耳畔……

　　听，冰雪融化的滴答声、铿锵的冰裂声、溪水潺潺、泉水叮咚、微风习习、蝴蝶展翅、蜜蜂嗡嗡，那是春姑娘走来的脚步声。

　　听听，田野上池塘里传来声声蛙鸣，还有那低垂的稻穗"沙沙"耳语，那是大地在演奏丰收的旋律。

　　听听听，朋友的敲门声、远方亲人的电话铃声、家长里短的欢笑声、你的演说迎来的阵阵掌声。

　　听，多么美妙；听，多么重要。

　　耳聪目明，耳听八方。

　　听，是我们认识世界最为重要的途径。

　　然而……

　　每十个人中就有一人存在听力问题，每二十人中就有一人存在严重的听力问题！听力问题占所有残疾之首位！这数字触目惊心啊！

有这么多吗？我们怎么没有看见？

那是因为——听力问题有极强的隐蔽性！

一个盲人、一个坐轮椅的人和一个听力障碍的人过马路，被忽略的一定是听力障碍的人，更容易忽略听力问题的又恰恰是听力障碍患者本人以及他身边的人。

因为我们的身体对于大多数听力问题都没有察觉，听力问题不会引起疼痛，不会危及生命。特别是逐渐下降的听力问题、单侧耳听力受损、轻中度听力下降、部分频率受损、老人听力衰退等，更容易被忽视。

因为听力问题隐蔽性强，家人多用"大声"喊话来"帮助""生病"的耳朵，这种对待听障人士的"溺爱"方式犹如温水煮青蛙，难以发现其真实病情，更无法及时就诊治疗。最后，直到最大强度的喊话也满足不了"病耳"听的需求时，才准备去寻求帮助，往往"亡羊补牢，为时已晚"。

我看见无数弱听人群掩耳盗铃强颜欢笑似的过日子，不敢去面对自己的听力问题，也不愿意佩戴助听器。我听见无数家人四处寻医问药，期望为亲人找回失去的听力，却对助听器一无所知。

助听器是改善听力障碍的主要手段。我国拥有世界上最多的听障人群，而助听器的使用率却远远低于欧美发达国家。助听器在欧美国家发明已有150年的历史，1986年引进中国，至今已近35年。

2001年，我所在的西南医院率先在西南地区开展了助听器验配和人工耳蜗植入等听力康复项目，学术带头人张主任让我负责开展"助听器验配"工作。

那时，我国的听力学项目刚刚启动不久。听力康复对于耳鼻咽喉科的医务人员来说也还是一个盲点，我对助听器也了解甚微，所以我没有第一时间接受这个任务。

张主任说："等我眼花了，手抖了，做不了手术了，我也要来做这个工作。"

他没有给我讲大道理，但这简简单单的一句话却引发了我的好奇，给我带来了极大的触动。

经过一段时间的调研和文献查询，我了解到"助听器验配"属于听力与言语康复学的范畴，是一门独立的二级学科，助听器不是普通商品，不能随意购买和使用，需要经过专业培训的人员从事验配工作，而我国又非常欠缺听力康复人员。

作为一名医者，发自内心的责任感和使命感油然而生，我郑重地接受了这项任务。

在过往的20年里，我接诊了上万名听障患者，每一个患者都有一个故事。那一个个生动鲜活的故事，好像一部又一部电影，时常闪现在我眼前。当我向身边人讲述这些人物故事时，总是听见"震撼""感动""医者仁心""很有意义的工作"等字眼。

一位八十岁的老人来听我的讲座，他双手做成喇叭状护着耳朵伸长脖子的样子使他立即成为我关注的对象。我走近他俯身贴耳和他交谈了几句，方知他是卫星发射基地的高级工程师，每年都会做身体检查，但这一生还从未做过听力检查。他伤感地说，儿子打来电话和老伴说了两小时，老伴转告他时却只说了两句话！

一位老爷爷带着孙子来看耳朵，说娃娃很聪明，但五岁了还不会说话。眼看就要报名上小学，这才带来大医院看看。孩子戴上助听器后，爷爷拨通远在外地打工的儿子、儿媳的电话，孩子模仿着我教的话，对着电话喊"爸爸、爸爸"，电话那端突然传来一个大男人的嚎哭声。

一个超帅的小伙子急急火火地闯进我的诊室，要求马上买一副超隐形的助听器，因为单位突然通知他明天参加升职面试。他本以为自己听力有问题，升职根本没有奢望，现在机会来了当然还是想进步。

听力问题就是这样被忽略、被延误。其原因之一是，听力知识的普及严重不够，人们对听力康复的认识存在许多误区甚至雷区。

11岁的孩子，经历了被误诊为"弱智""舌系带过短或大舌头""自闭症"等问题，用过不少偏方，扎过针灸，剪掉了舌系带，学习成绩还是跟不上，不被社会接纳。多亏孩子妈妈的坚持，一次偶然的经过，走进了耳鼻咽喉科，走进了我的诊室，终于找到了真相。孩子被确诊为双耳中度神经性听力损失，通过佩戴一个小小的助听器和听力言语训练后回到了普通学校。

一位优秀的校长候选人，因为听力问题只能默默地在后台出谋划策，不能站在心仪的讲台上和师生面对面畅谈，他的家庭也因沟通障碍出现了裂隙，他本人经历了长达二十年的药物、手术和不规范的助听器佩戴等曲折过程，最终通过专业的助听器验配才恢复听力，最后事业家庭获得双丰收。

20年来，正是这一个个鲜活的故事给了我鼓励和信心，让我对助听器从认识到热爱。助听器门诊接待一个听障病患往往需要耗费数小时，需要解答无数稀奇古怪的提问甚至质问，而专业的问诊检查调试花的时间并不多。透过听障患者诸如"听不见算了""老了听不见还好些"的说辞，我一次又一次近距离地听见了患者心底最深处的呐喊——谁不想听见啊？

这，就是我工作的意义，帮助患者听见世界的声音，也让世界听见患者的心音。

值得庆幸的是，我国听力学起步虽晚，但30多年来，我国政府越来越重视听力康复。各地助听器验配门店的数目骤然攀升，越来越多的老百姓知道了"助听器"的存在，开始接触助听器，这说明老百姓对改善听力，提高生活质量是向往的。

但同时，由于助听器市场还处于拓荒阶段，也给听障人士带来许多负面影响，很多人对助听器仍非常排斥。但我相信，听障人士的困惑和内心的不甘将会推动助听器行业走向规范化专业化，单一的助听器打折销售模式终将会被听障者的真实需求所淘汰。

20年来，我参观调研过国内几家大型医院的助听器验配情况，私访过国内十几个城市的助听器门店，也出访过丹麦、美国、德国、荷兰和日本等地的助听器验配中心以及助听器国际品牌的研发基地，看到了近年来助听器科技的迅猛发展，也发现对听力问题认识不足不仅仅是我国民众存在的问题，也是一个普遍性的全球问题，欧美国家也存在戴上助听器就被贴上"老了""残了"标签的现象。

近十年来，随着人工智能和芯片技术的高速发展，助听器的智能化和线上线下融合服务模式成为新的发展趋势。越来越多的听障朋友感受到无线蓝牙、超高清降噪助听器带来的全新听觉体验，摒弃了助听器就是简单的放大器、戴助听器就是"残疾"等偏见，意识到不能将自己禁锢在只能看见却无法听见的无声的玻璃房子里，要破窗而出，去倾听、去亲近美妙动听的有声世界。

但是仍有更多的听障患者和他们的家属对助听器、对听力康复完全不了解，还有更多的"正常人"年复一年、日复一日重复做着伤害耳朵、伤害听力的事情。我在二十年的临床一线工作中，遇到了太多这样"无知"的患者及家属。他们失去的不仅仅是听力，还有家庭、朋友、同事、工作以及健康的心理和身体。

真是令人痛心疾首！

因为听力问题，不仅会降低个人的幸福指数，还给家庭和社会带来不小的负担。作为医者、作为听力师，我切切实实地体会到，我们不仅要关注听力检查、诊断、调试验配、言语训练等听力学专业技能，还要关注听障人士的心理、生理、思想以及社会关系。每一个个体的听力康复都需要家庭和社会的参与支持，有的往往需要漫长的时间来完成。

20年中，我遇到的挑战不是专业，而是患者把我认定为助听器这个商品的代言人。在刚开展助听器门诊的前几年里，我遇到过无法用口语、文字和手语交流沟通的双耳重度听力残疾的孤身男子，遇到过有文化有地位的大学老教授强势要求我调试助听器参数，遇到过因家庭内部意见不统一反复无常的病人……也接诊过以扫大街为生的孤苦老人以及在我面前痛哭诉说妻子不理解他耳疾痛苦的一点八米高的大男人……为了让社会上更多的人尽早了解听力健康对人生的重大影响，了解如何保护好自己的耳朵，了解正确的听力康复途径，了解助听器在听力康复中的重要作用，了解助听器验配的规范化、专业化，我想写出来，把我所见所闻所思所为传播出去，帮助更多人快速便捷地了解听力康复。

我想说：听见声音是很幸福的一件事。

无论你高兴地提高嗓门大声欢笑，还是通过电话传话，捏着鼻子说话，面对山谷呐喊，或是站在空气稀薄的高山之巅喃喃自语，贴在情人的耳畔低语，静静地在深夜里呼吸、打鼾……这都是你发出的奇妙的声音。

听不见声音是一件很难过的事。

你不妨体会一下，关掉电视和手机的声音，或者把音量调小，小到听起来模糊不清或者你听不见时，你用棉花把双耳紧紧塞住，然后你走出去，去听听这个世界，再与他人说说话，体验一下听力障碍时的真实感受。

当你发现鸟儿不再鸣叫、雨滴无声无息、乐曲不再优美、话语不再动听、家人变得烦躁、世界变得寂静……这可能都意味着你的听力在下降。

听不见，就不知道朋友已渐行渐远。

听不见，就不知道危险可能近在咫尺。

听不见，就很难奢望学习和发展。

听不见，甚至感觉失去了最基本的尊严。

因为听不见，你会与快乐远离、与社会脱节。

因为听不见，你会失去许多美好前程的可能。

请你关爱听力吧，千万别再忽视二十四小时都在为你工作的耳朵。

听，

让专业帮助儿女去尽那份孝心，

让专业架起夫妻间爱的桥梁，

让专业启迪孩子美好的未来。

听听，

让专业为老人守护尊严，天伦岁月静听世间美好。

让专业为年轻人守护梦想，重新点燃希望的火花。

让专业为孩子们托起希望，明天会更加精彩美好！

我把20多年来积攒的其中20个故事按患者年龄顺序从0岁到106岁讲述给大家。我也憧憬着不久的未来助听设备将健康美好的声音传递给人们，像眼镜一样普及。

让我们一起静静地听，深深地爱！

目 录

1　　　序　静静地听，深深地爱

1　　　半岁天线宝宝（6月龄）
　　　　雯雯出生两天时，新生儿听力筛查未通过，半岁开始戴助听器。

13　　　阳光女孩的坎坷求医路（6岁）
　　　　欧阳尔西说："同学问我耳朵上戴的是什么东西，我说这是我的专属耳机，他们可都羡慕我了。"

27　　　渴望听见的大眼睛（12岁）
　　　　小军是一个聪明的孩子，他有一双漂亮的大眼睛，黑亮清澈，充满执着与渴望。特别是在他追寻声音时，他眼睛里的那种渴望好像生出了翅膀，要飞出来把声音抓住送到耳朵里去。

41　　　破茧而出的蝶（17岁）
　　　　禾苗说："希望那些像我一样的人，不要因为缺陷怨天尤人。因为有时候失去并不可怕，可怕的是放弃自我。"

51　　　诗词为心（20岁）
　　　　其其说："我一直觉得连自己的声音都听不见是一件很难过的事情。"

63　　　应聘了一百家公司后（23岁）
　　　　涓子心里始终有个声音："我绝不能什么都不做，我自己一定要变强、变好！"

75　　　心灵花艺师（33岁）
　　　　　高远说："小时候，我喜欢快速奔跑，用双手护住耳朵，能听见风呼呼地从耳边刮过，还喜欢光脚跑到水田里玩，捉鱼、抓螃蟹、逮蚂蟥。总之我自娱自乐，大人的烦恼好像跟我无关。"

87　　　活泼开朗的美少女去哪儿了？（36岁）
　　　　　柳苏说："我现在越来越不喜欢到外面去，不愿意见陌生人，不愿意认识新朋友，方言是一方面，搞不懂他们说啥子。还有一个是在嘈杂的环境中听不见。"

99　　　一次旅行引发的灾难（36岁）
　　　　　朝阳向后舒服地靠在椅背上，说："我想，做了耳蜗能听得见鸟鸣，听得见春天的声音，就舒服了。"

109　　 爱笑的校长（43岁）
　　　　　李志鹏说："我经常鼓励自己，那么多人身残志坚，我这一点点问题算什么啊，还是可以解决的。"

119　　 活着（44岁）
　　　　　霍东升说："和别人比起来，我算幸运的，还看了、听了几十年的世界，见过爸妈长什么样子，听过鸟叫虫鸣……不幸的人那么多，最后还不是要活着。"

131　　 走出抑郁（51岁）
　　　　　何有为说："身体机能受到伤害不是最可怕的。最可怕的是，对你信心的摧毁。信心被摧毁后，人什么都不想做了。所以信心的重塑特别重要。"

141　　 巨响之后的寂静（53岁）
　　　　　曾中华说："我不着急，反正就是去治，治不好急也没有用，就像得了癌症活不久，急也是死，人要想得开。"

157   原谅我爱慕虚荣（55岁）

             舒文说："可能我虚荣心太重了，我就是不想让学生知道（我听力不好）这个事儿。我不想以不幸换取别的可交易的东西，卖惨的往往是不够善良的。"

169   情绪的魔咒（42岁/57岁）

             我从事助听器门诊20余年，接诊过无数来自全国各地的患者，每位患者都有过令人难忘的故事，这是我遇到的第一个因情绪失控导致的突发性听力障碍，也是最让一个母亲心痛的案例。

179   致命的声音（72岁）

             邓成功说："听不见没关系，只要没耳鸣。"

193   八十多岁的退休老干部（83岁）

             马鹏飞说："退休几十年，直到现在那些单位、企业还认可我，请我去做顾问，但我今年不准备继续任职了，怕听力问题严重了耽误事儿。"

205   生命不息的百岁老人（98岁）

             老爷爷说："棺材嘛，是为死人准备的。钱嘛，要拿来救活人嘞。"

215   爱的传承（99岁）

             东方一苇说："老了也要有上进心、好奇心，也要有生活的激情。"

229   一百零六岁的婆婆妈（106岁）

             我的婆婆妈90岁才开始佩戴助听器，现在106岁，已经更换第二对助听器，听力一直保持稳定，没再继续下降。

237   后记

半岁天线宝宝

6月龄

雯雯出生两天时,新生儿听力筛查未通过,半岁开始戴助听器。

01

没想到,她竟然愿意让我抱。

雯雯[1],出生两天时,新生儿听力筛查未通过,半岁开始戴助听器,从发现听力问题到进行听力康复,整个过程符合目前听力康复规范要求,一步步融入有声世界。

小女孩今年一岁半了,其实挺有个性的,不太爱说话但啥都能听懂,常常用眼神表达情绪,来我的门诊待几个小时,其间不哭不闹,一直关注着我们的交谈。

一开始她并不亲近我,只偶尔瞄我一眼,雯雯妈妈说她很认生,连亲舅舅都不让抱。雯雯颇有兴趣地不停地按计算器的数字键,计算器播报"2、6、7、9……"

妈妈说,她在家就喜欢玩这些有声玩具。后来我把我女儿小时候玩过的玩具小钢琴放到办公桌上,弹了一曲《世上只有妈妈好》,雯雯妈妈在旁边跟着哼唱起来,雯雯的眼神开始转移到我的手指上。她一边慢慢地伸出小手拍击小钢琴的琴键,一边悄悄地看我,她开始亲近我。

但我真不知道她会主动伸手让我抱。直到我抱着她离开了妈妈的视

注[1]:本书均为真实病例,为保护隐私,患者均用化名。

线，小女孩的头温顺地靠在我的肩上，我才相信自己已经得到她全身心的信任，这让我的心也变得柔软起来。

临走时，一直不肯开口说话的雯雯，挥动着小手竟然清晰地连连说了好几遍"谢谢""拜拜"。那一瞬间我仿佛听到了天籁。

"平时在家就喊她雯雯吗？"

"会喊大名，有时候也会叫她'妹妹'。她经常不理人，高兴才会给点儿反应。"

"哎，雯雯。"我喊她的名字。

她听见了！用小眼神瞥了我一下，又低头自顾自地玩小钢琴去了。

助手笑着说："刚才我准备把钢琴拿开，她也是这样瞥我一眼。"

"她可能是在说，不准拿走小钢琴。"我看着雯雯说。她可喜欢小钢琴了，她那么小，居然抱着护着这架玩具小钢琴在办公室里跑了两圈，生怕被别人拿走。

妈妈用手指点点雯雯的额头，嗔怪道："她不高兴的时候就这个样子。"

雯雯在妈妈怀里扭来扭去，我想办法调动她的情绪："雯雯，我们来画画吧！这是小白兔，耳朵长长的……"我在白纸上画了一只小兔子，试图用画画吸引她的注意。

妈妈也唱歌引导："小白兔，白又白，两只耳朵竖起来。"可惜她不为所动，依然自顾自地握着笔在白纸上涂鸦。

见雯雯始终冷淡，妈妈开始放大招，问："雯雯最喜欢谁呀？是不是姐姐珺珺呀？"

听到姐姐的名字，雯雯终于抬头。

妈妈又说："我们来看姐姐吧！"说着便翻出手机里的视频。视频里，雯雯和姐姐一起玩玩具，姐姐一边玩玩具一边模仿玩具的声音，雯雯在一旁嘎嘎笑，非常开心。

她眼都不眨地看着视频，不一会儿就笑开了花，十分可乐。

听见视频里一声尖叫，雯雯也大声地尖叫了起来，叫完了又捂住嘴巴开始嘻嘻笑。

妈妈在一边说："和姐姐一起玩高不高兴呀？"雯雯仍旧没有回答，只是眉眼弯弯地看着视频。

看到雯雯这些表现，虽然她还没有开口，但她对妈妈的指令和我呼喊她的名字以及对计算器、小钢琴、手机视频等声音的反应都非常敏捷。

逗了这么久，孩子都不开口。妈妈说，雯雯很有个性，生疏的人她不轻易开口，但和哥哥姐姐一起时玩得很疯。我看到雯雯的状态没有放弃。"来，又来一张，画吧！随便画吧！"说着我又拿出一张白纸放在雯雯面前。她倒没有抗拒我，开始拿着笔在纸上涂鸦，高兴了还"咿呀"了几声。

妈妈温柔地看着雯雯，说："之前外婆觉得雯雯听不见，性格又内向，担心她不知道怎么和同龄孩子相处。前一段时间外婆来看我们，看到雯雯和我弟弟的孩子（比雯雯大八九个月）吵闹着抢东西，就和我说她现在完全不担心了。"

"她可以和别人一起交流了？"

"不只交流，她还很要强，不高兴会吼、会吵，只是有时候我们还听不懂她在吵什么。"妈妈无奈地笑笑。

雯雯出生后新生儿听力筛查没有通过，一个月后的复查还是没通过，三个月的时候来到我们医院，经过全面的听力检查后，被确诊为双耳重度听力损失。观察复查至半岁后来我院验配了助听器。当时，我通过问询病史了解到，雯雯妈妈的妊娠期和生产过程都无异常，家族也没有发现听力有问题的人，后来抽血检查耳聋基因，才发现雯雯的爸爸和妈妈都是耳聋基因的隐性携带者。

"雯雯的助听器能坚持佩戴，这点很好。"看了雯雯的佩戴记录，我说。

妈妈回答："配了助听器她一直都喜欢戴。"

妈妈描述，从医院回家的第二天早上，雯雯起床后就哭，刚开始以为她饿了，就赶紧给她温奶，可她还是哭，后来又以为她肚子疼，就用暖水袋给她暖暖，但她还是哭。这时雯雯爸爸说了一句"把助听器给她戴上看看。"

"好神奇，雯雯不哭了！"妈妈欣喜地说。

"那后来我们回访时发现有一段时间雯雯是断断续续在戴助听器，怎么回事呢？"

妈妈说："是的，我们上班了，奶奶有时候就忘了给雯雯戴助听器，你们回访强调助听器的重要性后，后面就一直坚持佩戴，还按你们的要求做了记录的。"

"她有没有去抓过助听器？"

"有时候可能是觉得不好玩了，会去抓助听器。"

"孩子一般情况是不会抓助听器的，如果孩子抓耳朵、抓助听器，可能是耳朵发痒不舒服的表现，我们应该警惕中耳炎。"

妈妈若有所思。

翻看着雯雯助听器的佩戴记录，我发现有一段时间雯雯确实喜欢抓耳朵。"雯雯八个半月的时候感冒发烧，你们发现她频繁地抓耳朵，认为她不愿意戴助听器？后来你们来医院复查听力，我们了解情况后还特意安排了对中耳的检查。"

妈妈点头。

"当时做了声导抗检查，两个耳朵都是B型鼓室图，表明中耳有炎症。"这就解释了为什么雯雯那时候会频繁地抓挠耳朵。

妈妈频频点头："我想起了，当时您还写了一个纸条特别叮嘱我们，要注意喂奶姿势，注意防止感冒，告诉我们孩子三岁以前，如果有抓耳朵的动作，要警惕中耳炎，要及时治疗防止雯雯的听力再加重。"

那以后，雯雯只要有感冒迹象，雯雯妈妈就带着她去医院检查，还会特别和医生说她的听力问题，但是医生常规就看看扁桃体，当地医院还没有检查中耳的设备。

"雯雯八个月时，你在她睡觉时没有取助听器，现在睡觉时把助听器取了吗？"

"取了的。那个时候孩子小，怕取助听器把孩子闹醒了。现在她睡着了就把助听器取下来，她睡眠的时间都要长一些。"

我笑道："那是因为不戴助听器时，周围的环境显得更安静了。"

"在孩子刚戴助听器一个月时，听力提升得怎么样？你们观察到孩子对声音有什么特别反应吗？"

妈妈有些不好意思地笑笑，说："没有特别注意，我们不会观察。"

事实上，从给孩子戴上助听器就停止了哭声，耳朵发痒不舒服去抓挠助听器，以及取下助听器睡眠时间更长等等现象都可以观察到孩子听力提升后的反应。

妈妈说，雯雯对钥匙串的声音反应敏感，我们下班回家开门的钥匙声最能吸引她。

我趁机培训雯雯妈妈，在观察测试孩子对声音的反应时，要避开孩子的视觉和触觉等。

妈妈连连点头："之前没有观察到，以后我们要有意识地训练雯雯，为游戏测听做准备。"

我点头："游戏测听适用于2岁半到5岁的孩子，是儿童的主要测听办法之一，测听结果对助听器验配和调试至关重要。游戏测听可以先在家里训练，让孩子熟悉游戏规则。具体操作就是让孩子参与一个简单、有趣的'听声丢物'游戏，教会孩子听见声音后再做出明确的动作。"

"雯雯半岁开始佩戴助听器，她什么时候开始开口喊爸爸妈妈的？"

"十个月左右喊了爸爸妈妈。"

"那这还算早的了。"

"我的大女儿七八个月的时候喊爸爸妈妈，学校里面和雯雯同龄的孩子说话都挺早，雯雯十个月开始发声，声音也很好听。现在的孩子说话都比我们小时候早，可能胎教音乐使得孩子对声音更敏感啊。"

"雯雯的表现很不错了，她半岁以前许多声音都听不见，戴了助听器之后要让她多接触有声世界，多带她去正常人群中听听交谈声，待在安静的屋子里不利于孩子语言的建立。"

妈妈欲言又止，隔了好一会儿才说，她是小学语文老师，早上出门时孩子还在睡觉，一周里最多三天可以中午回家陪孩子睡个午觉，原计划晚上下班陪陪孩子、讲讲故事，但后来时间紧张，也没有做到。大多数时候是奶奶帮忙照顾雯雯，但是奶奶年纪也大了，不怎么喜欢带孩子出去。"想着孩子不能不听声音，我还买了一个天猫精灵，给她放儿歌、放《三字经》，让她可以一边听一边坐着玩。"

雯雯在地上坐着玩玩具，玩得高兴了还兴奋地叫几声。

"她精力真好。"我感叹。今天她们一大早就来医院排队复查听力，现在都大下午了，雯雯一直没有睡觉，我让她在休息室里睡一会儿，但是小女孩十分亢奋，把我办公室里的有声玩具反复折腾，一点儿睡意也没有。

"她很喜欢听这些声音，每次都玩得很投入，她有个螃蟹玩具可以发出声音，她总喜欢放到耳朵边上去听，或是看螃蟹的眼睛骨碌骨碌地转。"妈妈说。

听到我们在谈论她，雯雯朝我们挥手，抬手时拉扯到助听器的护理绳差点把助听器扯掉,助手正准备给雯雯戴上助听器,我示意说:"你把助听器拿走,看看她的表情。"我想借机观察小女孩的神情,如果能激发她开口说几句就更好了,目的是了解孩子现在发音的准确度。

雯雯的表情变得闷闷不乐,抿着嘴跑到妈妈怀里,但依旧没有开口。

我叮嘱助手检查一下雯雯的耳道和耳模[②]。孩子半岁以后耳朵发育得很快,雯雯一岁多时耳朵长大了,耳模就不密闭了,重新印制过一副新的耳模。

"一岁以后,她更喜欢说话了,虽然她说的有些话我们听不懂,但她还是喜欢叽叽咕咕地说个不停了,但简单的姐姐、爸爸妈妈、奶奶喊得很清楚了。"雯雯妈妈笑着说。

"她听得懂你们说的大多数内容吗?"我问。

"是的,每次我都叫她自己去扔尿不湿,现在都养成习惯了;叫她帮忙丢垃圾、拿个手机她也愿意;有时候电话响了她也会提醒我们。"

雯雯妈妈接着又说:"小孩子丁点大,还特别会指使人,她想吃什么东西,会指着跟你说'打开',想喝水的话,会跟你说'拿来',有时候真是又好笑又好气。"

听了雯雯妈妈的描述,大家都笑了起来。

"宝贝,口罩呢?"我认真地看着雯雯。

她四处看,眼睛落在桌子上的口罩上,圆圆的眼睛又看着我,仿佛就在说,"在那儿呢。"

我把椅子拉近了一些,看见她手腕上画了一个圆,我说:"雯雯,你这个圆圈是什么呀?来,我给你画一个手表戴。"

雯雯安静地坐着,任我在她的手腕上画手表。

[②]:耳背式助听器的一个重要附件,根据人耳耳郭及外耳道的形状定制而成。

"手表好看吗？"我问。

她害羞地转过头看看妈妈，妈妈有些好笑地说，"医生给你画了一个手表，你应该说谢谢呀！"见孩子只笑不说话，便无奈地摇摇头，顺手把桌子上的积木给她玩。

雯雯手里拿着积木，仿佛拿到了宝贝，每当积木滑动，她就显得格外激动，双腿晃得鞋子都甩掉了，嘴里还一直念着"咦哟""咦哟"……

玩了一会儿，雯雯愈发欢脱，靠在妈妈怀里把脚叉在我的办公桌上，神气得很。我赶紧拿手机拍下，说："拍了以后给雯雯长大了看。"

妈妈在她耳边念叨，"你以后长大了给你看照片，原来你小时候这么调皮，把桌子搞得这么脏。"

谁知雯雯搞怪地咕咕呱呱叫个不停，把妈妈的声音完全盖住，成为了我们交谈时的背景音乐。

我打趣她："雯雯这是学公鸡叫吗？咕咕咕。"

雯雯终于开始活跃起来，她模仿我的发音："咕咕咕。"

我继续问她："小狗怎么叫的？"

"汪汪汪。"雯雯叫了出来。

我再问了鸭子、小鸡、青蛙的叫声，雯雯都能学出来。

正常孩子一到三个月对于声音有反应；半岁之前对声源有反应，会循声做出行为反应；半岁到九个月的时候，可以听懂简单的语言，比如问她爸爸的帽子呢，她会用眼神去寻找或用手去指；一岁后就能简单交流了。

雯雯现在一岁半，不仅能听懂我的话语，也能说一些词语，这稚嫩的童声正是我希望听见的希望之声啊！这点令我格外欣慰。

雯雯终于跟着我说话开口了和我越来越亲近，我突发奇想，说："走，我们去看大姐姐的照片。"我朝她伸出手，她竟然向我怀里扑来。

那一瞬，我心头有些欣喜，不爱搭理人、十分认生的雯雯竟然让我抱了？

按捺住内心的欢喜,我抱着雯雯径直走到里间去看墙上的照片:"看!这个是大姐姐,大姐姐耳朵上也戴了和雯雯一样的助听器哦。"

离开了妈妈的视线,到另外一个办公间,雯雯居然很安静,一点也没有找妈妈的意思,她认真地看着照片,含蓄地笑笑,像个小大人一样,不一会儿小女孩的脑袋柔顺地靠在我的肩上了。

轻抚着小女孩的背,我的心软成一片。

"这次我把助听器的高频增益提升了一点,孩子对细微的声音会更敏感,回家除了要坚持戴助听器,也要注意观察孩子对某些声音的反应。"我说。

妈妈笑着点头。

"记得回家训练一下孩子听声丢物,下一次咱们就做一个游戏测听,哪怕每次只做一个或者两个频率。"

"戴上,戴耳朵。"妈妈按住好动的雯雯,小女孩在调皮地动来动去。

但是一戴上助听器,雯雯就安静下来,还跟着助听器的开机音乐一起哼唱"咚咚咚,咚"。雯雯彻底放开了,和我们建立了亲密关系。

正值新冠疫情期间,妈妈接着给雯雯戴上了防疫口罩,小女孩呆萌的样子别提多可爱了,我们纷纷拍照记录。

这天的复诊结束了,送她们走到门口,雯雯主动挥着小手不停地说着:"拜拜!"

我的心也乐开了花,因为我又收获了一个小女孩的信任和喜爱。

妈妈引导她说:"还应该谢谢医生!"

于是我又听到了天籁一般的稚嫩童声:"谢——谢——!"

雯雯吐字清晰,听在耳里,竟然有种雨后初霁的明朗。小女孩的语言发育没有耽误,祝福她未来更好!

特别提醒

古时候，聋就意味着哑，听不见就不会开口说话，形容如同铁树开花那么难。而如今，即使是重度听力受损者戴上助听器也可以顺畅交流。但要记住：孩子听力康复要做到三早原则："早发现、早诊断、早康复"。助听器戴得早，不仅可以开口说话，而且可以说得很好。

儿童听力损失如不能被及时发现，不但影响孩子言语和认知发育，也影响孩子一生的学习、就业、婚育及家庭关系、心理健康，还会成为家庭沉重的负担，影响经济社会发展。

现代医学科学技术已经可以对新生儿及婴幼儿进行早期听力检测和诊断，如能对明确诊断为永久性听力损失的婴幼儿，在出生六个月内进行科学干预和康复训练，绝大多数孩子可以回归主流社会。所以，新生儿出生后，一定要做听力筛查（耳声发射）和耳聋基因联合筛查，这样才能够做到早发现、早干预。

对于有生育需求的夫妻（无论是否有家族史），建议行常见耳聋基因筛查，可避免绝大多数遗传性耳聋的发生。

遗传因素是先天性耳聋的主要原因，大多数遗传模式为常染色体隐性遗传，即携带基因突变的父母听力正常，但是后代有患病风险。在我国，至少6%正常人群携带GJB2、SLC26A4等常见耳聋基因突变，如果两个听力正常夫妻恰好携带相同基因的致病性突变，就有1/4的概率生育遗传性耳聋后代。

阳光女孩的坎坷求医路

6岁

欧阳尔西说:"同学问我耳朵上戴的是什么东西,我说这是我的专属耳机,他们可都羡慕我了。"

02

    第一次见到欧阳尔西，我急了。

    小女孩才六岁，听力并不严重，已经戴了三年助听器，但词汇量却不到同龄孩子的一半儿，即将上小学却很多话都听不懂，无法独立与外界交流。

    我问她，"西西几岁啦？"

    小女孩缺一颗门牙，咧着嘴笑呵呵地望着妈妈，一脸阳光。

    妈妈看着她，温柔地说："黄医生问你几岁了。"

    她这才转过头来笑眯眯地对我说："六岁。"

    旁人说话听不懂，要向妈妈求证，让妈妈翻译。这种情况孩子能跟上学习吗？

    我看在眼里，急在心里。

    幸好，后来我们为她制定了全新的助听器佩戴方案，她坚持双耳佩戴助听器，通过几次调试后，助听听力显著改善。

    时隔一年，如今我手里拿着她最新的听力评估报告，数据喜人，助听听阈已接近正常人了。

    "西西长高了。"我说。

"只长了一点点。"尔西妈妈看看西西，笑容轻松。

我手里拿着听力报告，问："你还记得西西第一次的助听听阈是多少吗？"

西西妈妈想了想，不好意思地说："有点儿差。"

"那是相当差啊！"

我转头，"西西，你感觉自己的耳朵有变化吗？"

西西想了想，轻声道："不知道。"

虽然没问出我想知道的，但西西的发音让我眼前一亮，很标准呀！

我继续问："西西现在几年级呀？"

"二年级上。"

这个发音好！我转头和西西妈妈说，"你听她'上'字的发音很清楚，我记得2018年她第一次来的时候，音节z\c\s\zh\ch\sh发音都不准确。"

妈妈慈爱地看着女儿，"是啊！一年半的时间，发音就好多了。"

见我一边看病历一边做记录，西西好奇地凑过来看。妈妈说，"黄阿姨很关心你哟，记录做得很详细，你能看得懂吗？"

西西俏皮地伸一根小手指，夸张地说："只能看懂一丁点儿。"

大家被她逗笑出声。

见西西没有看我们的口型，单靠耳朵就能听懂，也不需要妈妈翻译就能对答如流，我很高兴。我继续问西西，想要更多地听听她的发音。

"你今年几岁啦？"

"八岁了。"

"你上学坐第几排呀？"

"有时候在第一排，有时候会换到最后一排。"

"那坐最后一排，可以听清楚老师讲话吗？"

"有时候抄东西会看不清。"

我疑惑，怎么是抄东西呢？于是问她："是老师念你抄吗？"

西西一本正经答道，"不是，是看黑板的时候。"

我和西西妈妈对视一眼，笑了起来，原来孩子说的是看不清黑板上的字，而不是听不到老师讲课。

妈妈轻声提醒，"黄阿姨是问你听得清老师讲课吗？"

西西也明白过来自己领会错了，害羞地笑笑："上课听得清楚。"

"最后一排都可以听清楚吗？"我问。

"我们教室小，可以听到。"

小女孩的声音清脆，与我们流畅地交流。

我问西西妈妈，"西西看不到黑板，眼睛多少度呀？"

"两三百度，她是远视眼。"

"远视不是近视，这和遗传有关系吗？"

西西妈妈叹了一口气，"没有查到明确的原因。"

"那耳聋基因检查结果怎么样呢？"

"耳聋基因找到了一个，但医生说这个基因是杂合的，解释不清楚。"

常染色体隐性遗传模式中，仅单杂合突变不会导致疾病。

之前，西西不仅找不到听力受损的原因，就连康复之路也格外曲折。

她出生时在医院做了新生儿听力筛查，第一次检查时，一只耳朵通过了，另一只耳朵没通过，如果按照正常的流程是需要一个月以后再复查直至三个月时全面检查确诊听力状况。然而她家里人去咨询了一个"熟人"——一名五官科医生。

五官科医生主要擅长临床疾病的诊治和手术，看了西西的筛查报告，轻飘飘地说："不用管。"

简单的三个字，让西西错过了最佳的听力康复时机，险些耽误孩子的未来。

由于西西的一只耳朵受损程度比较轻，对声音有反应，她两岁开始喊爸爸妈妈，虽然迟了点，但家里老人说"贵人语迟"，所以父母也没在意。有些声音没听清，家长以为是孩子小，顽皮而已，很难察觉孩子听力有问题。

直到西西三岁多又患了分泌性中耳炎，她的听力问题才彻底暴露出来。

双侧分泌性中耳炎是小孩的常见病，三岁以下的孩子百分之八十都得过中耳炎，但很多家长并不知道。

为什么呢？

五官是相通的，中耳腔和鼻咽部相通，这个通道叫"咽鼓管"，鼻咽部又和咽喉部相通，所以孩子感冒后扁桃体发炎、鼻咽喉发炎会通过咽鼓管逆行感染到中耳腔，最终引起中耳炎。

孩子发烧、哭闹，通常父母就会带孩子去儿科，医生的压舌板一压，一看是扁桃体肿大了，就开始输液抗感染治疗。输液抗感染治疗后扁桃体炎症控制了，中耳的炎症随之也会得到控制。但部分孩子中耳炎没有得到彻底控制，就会反复发作，急性中耳炎就转变成慢性中耳炎。

中耳炎会影响声音的传导，如果孩子听力本来就不好，那么中耳炎会导致听力障碍进一步加重。

三岁时西西第一次在新生儿听力筛查后做听力检查，结果发现既有中耳问题也有内耳问题，属于混合型听力受损。正确的处置方案是，中耳问题需要临床治疗，内耳问题需要验配助听器。

但西西再次被"熟人"耽误，熟人医生没有考虑到西西还同时存在内耳的问题，只开了消炎药。经过三个月治疗后炎症仍然没有好转，本来交流都不畅通的西西听力问题加重了，更加不怎么说话，总是眼巴巴地望着妈妈。这时，西西妈妈才开始着急了。

家人商量带孩子去了市里另一所大医院，那位耳科医生给出了正确的诊断：混合性听力损失，抗感染置管引流后选配助听器。

西西的中耳炎治愈了，听力也恢复了一些，后来也就在那所大医院选配了助听器。

当时西西的双耳听力受损程度不一致，一侧轻中度受损，另一侧中重度受损。正确处置方式应该是双耳同时佩戴助听器来提升听力，但那家医院的助听器验配人员只为西西听力受损较严重的一侧耳朵选配了助听器。

戴上助听器后，妈妈感觉孩子比以前听到的声音多些了，也能和家人沟通了，妈妈也高兴了。这支单价三万多元的顶级助听器西西一戴就是三年，孩子的语言比不戴时增加了不少，但是能听懂的词汇量却远远不如同龄孩子。六岁时，眼看就要上小学了，西西发音不准，别人听不太懂她说话，她也总需要妈妈这个翻译在身边与外界交流。妈妈多次带孩子找那家医院的验配人员调试，对方说，"孩子听力只能调到这个程度了。"

西西妈妈向我讲述孩子的治疗过程时，声音和表情始终平淡，没有快乐也没有悲伤，但却透露出一种精疲力尽后的无力。

真的无法调试了吗？

一个偶然的路过，西西妈妈来到我的诊室。

听了西西妈妈的叙述，我要求她把孩子和助听器都带过来仔细检查。

在全面检查分析了西西的听力情况后，我们发现了几个问题。

"其一，助听器的传声管左右耳装配错误，错位安装的传声管佩戴时被迫扭曲导致容易损坏。这下，你明白助听器为什么经常出问题了吗？"我告知她。

"其二，西西的听力一直跟不上正常孩子的原因之一，是她双耳听力受损，双耳听力不平衡，本应双耳佩戴助听器，却只对一侧耳进行了听力补偿。"

"其三，使助听听阈进入言语香蕉图才能满足孩子的语言发育，西西较差耳听力已经是中重度受损，增益应该提升25分贝以上，但这副助听器仅提升15分贝，显然已佩戴的这副助听器的听力补偿不够。"

"其四，孩子小又好动，应该使用护理绳……"

西西妈妈恍然大悟。

我们为西西制定了新的助听方案。

由于西西当时年纪小不会表达，而且从出生后的六年里，助听听阈提升也不够，她听到的声音一直很微弱，在调试的过程中我也发现了问题。

"助听器按常规调试给她提升到正常水平，她可能对较大的声音会不习惯，需要逐步递增式调试参数。"我对西西妈妈说。

就像从黑屋子里一下子走到了阳光下，会像畏光一样畏惧本来正常音量的声音。

西西妈妈说："对，我记得第一次给她戴上助听器时，她就捂耳朵。"

我的判断是对的。

通常一般的孩子听见声音后都会很开心，有的孩子还会哈哈笑出声来，可西西听见声音后却不然！她眉头紧皱，"嗯嗯唧唧"地望着妈妈表现出不舒适的样子。

妈妈问她怎么了，她才弱弱地说：声音大了。

西西的反应有点出乎我的预料，我已经按常规调试了参数，最大声输出也做了控制，按说西西应该能适应。什么原因？

我们分析一是原助听补偿增益仅仅在10~15dB之内，孩子一直处在寂静的世界中，对稍大一点的声音都不适应；二是可能西西存在重振现象。

怎样既能保护好孩子的残余听力，又能有效地提升她的听力呢？

儿童的助听器选配是一个复杂的过程。必须要根据每一个孩子的不同情况来选择调试助听器，不同的声放大处方公式目标曲线间的差异也很大，因此也需要慎重选择适合的处方公式。

后来，我取消了常规默认公式，重新为西西选择了助听器放大公式，在重新设置相应的参数后，西西露出缺掉的门牙，笑了。

"当时我要求西西戴一个小时后再离开医院，是为了实际观察她对于调试效果是否适应，我选择的NAL2模式实在是太柔和了，只有极少数人使用，对于效果我需要再三核定。"

"原来是这样。但是西西适应得特别快，后来一周内就完全适应助听器，一个月后，我可以明显感觉到她的词汇量增加，发音也清晰很多。半年之后，她的学习已经完全跟得上正常孩子。放假期间我带她去舅舅家，舅舅见到她的变化也很惊讶，说她话多了，性格也活泼许多。"西西妈妈笑着说。

我能感觉到西西妈妈的喜悦，她在后来给我的感谢信里这样写道："如果要用一个词来形容孩子佩戴助听器后的改变，我想应该是——蜕变。"

她说西西的语言改善是最明显的，以前发音不准确、语言组织能力差，后来都改善了，更让她高兴的是孩子变得自信了，以前西西总是害怕跟别人说话，总要转头向妈妈求证后再回答，也不愿多跟小朋友玩，在外面总是表现得胆小、畏缩，让妈妈心力交瘁，生怕西西因为听力问题产生自卑心理。但这些问题都随着新的助听器的正确佩戴、合理调试迎刃而解，如今西西变得大方而自信。

让我印象深刻的是西西妈妈说的这句话："如果第一个助听器是让孩子听见了声音，那么现在这一对助听器，则让她听见了交响乐。"

见西西在一旁听得认真，我突然轻拍了一下手，测试她对声音的敏感度。

"声音大不大？"我问。

这一下明显没有惊着西西，她眼睛都没有眨一下，反而笑着说，"还可以。"

"看来没有把你吓到，你第一次来的时候，就算是很小的声音反应也很强烈。现在不畏惧大音量了，很好。"

西西有些不好意思，用手捂着嘴，低头笑了。

"西西现在的听力稳定，助听效果很好，暂时不用调试了。"我说。

妈妈喜形于色。

我也很高兴，西西听力进步出乎我的预料，但该嘱咐的也不能少，我说，"现在西西的中耳炎痊愈了，但要注意噪声、用药，因为耳聋基因比较敏感，容易被药物刺激，也不要去高原、缺氧的地方。"总之就是，一切可能诱发听力下降的因素，都要避免。

母女俩齐齐点头。

我转头问，"西西，你上体育课时和同学们一起蹦蹦跳跳吗？"

西西的情况我不建议进行剧烈运动，西西疑似存在前庭导水管扩大，头部加速运动时，容易导致听力下降。

"他们都不让我参加了。"西西嘟着嘴说。

"这样很好，而且除了运动，你也不能被球砸到脑袋。"我叮嘱。

妈妈也在一旁补充，"有遇到扔球的，你要护住脑袋走远一点。"

"可能我们扔的气球比较多。"西西狡黠一笑。

语毕，大家都笑了起来。

我摸摸西西的脑袋，"助听器要坚持戴，还要保护好听力，保证听力稳定不再继续下降。"

妈妈说，"前段时间她的助听器被耳屎堵住了，后来给助听器换了一个新的过滤网，这几天又好了，这是不是因为之前过滤网被堵，声音才忽大忽小呢？"

助听器调试后参数会保存在助听器的芯片里，内部设置不会变，声音变化一般都是由于外部环境变化，比如堵塞、破损、受潮才会影响使用，声音在传导路程中衰减了。

现在西西的助听器一切正常，之前出现声音忽大忽小不排除这些原因，于是我问，"她每天都戴助听器吗？"

妈妈点头。

"注意清洁助听器。"我说。事实上只要天天戴着助听器，耳垢问题就无法避免，正好孩子大了，也可以帮助她养成每天自己清洁助听器的习惯。

这让我想起一个八十多岁的老人，他独自一人住，每天坚持戴助听器，还会认真地做笔记，记录自己戴助听器的时长，清洁助听器的频率、换电池的时间，可有一次耳屎把传声管堵住，他听不到了也没给儿女说，就一个月没戴没做记录，儿女探望时就问老人为什么没戴助听器，老人觉得儿女在责怪自己，就犟着说戴助听器没用。

他的女儿拿着助听器来检查，发现就是一个小小的问题，耳屎堵住了传声孔，用小毛刷清理后声音立即恢复正常。临走之前还请我在老人家的本子上留言，告诉他要坚持戴助听器。我在本子上留言，除了坚持戴助听器，也要坚持每天用小毛刷清洁助听器，就跟洗脸一样。

听我说老人家的故事，西西好奇地问："为什么每天戴那么久，助听器还会堵呢？"

正是因为戴的时间长，耳道口被堵塞，耳垢无法正常掉出，最后"走投无路"只能往助听器里去，起初对助听器影响不大我们不会察觉，后来堵得越来越多，传到耳朵里的声音就越来越小。

西西听得认真，说她通常是隔几周清洁一次助听器。

"耳屎不多几周也行，只是怕忘了，我们可以重新规定一下，西西是大孩子了，自己的事情要自己做，从今天起在盒子里常备刷子，每天睡觉前取下助听器，按时清洁助听器，好不好？"

西西像大孩子般点点头。

"前面几周妈妈要提醒她，帮她把习惯养成。"我转头和妈妈说。

"看她听得这么认真，应该是听进去了。不行，我要检查一下小脑瓜有没有把黄阿姨说的知识点装进去。"妈妈说完，还作势要去摸西西的脑袋。

话音刚落，大家都笑起来，西西连忙闪躲，像一个偷吃到糖果的小孩，捂着嘴咯咯直笑。

看着西西一脸活泼天真，我好奇她与旁人的相处也是这样的吗？

"老师同学们知道你戴了助听器，有没有同学会很好奇来问你，或摸你的助听器呢？"

"有的，他们会问这是什么东东，我就逗他们说这是一个耳机。"她说，"同学们还想让我取下来给他们看，有的还想试试，但我一般都拒绝。"

"这个你们可戴不了，是我专用的。"西西笑得古灵精怪，"他们很羡慕我有一个专属耳机。"

我转头问妈妈："同学们有因为她的听力问题有什么不好的表现吗？"

"没有呢，同学们都很友好，她们班之前还开展了一次科普耳朵构造的讲座，专门讲耳朵构造，当时同学们都很好奇她的助听器，下了课都来请教她。"西西妈妈说。

西西在一旁笑着点头。

可见，西西和同学们相处得十分融洽，她没有因为听力问题自卑，同学们也并不觉得戴助听器的西西和他们有什么不同。

那天，我们从西西与同学们的相处聊到了她的特长，原来她还是一个小才女。除了素描，现在还在学习水粉画。

西西妈妈在一旁逗她，"黄阿姨对你这么好，你应该怎么感谢她呢？"

小女孩思考了好一会儿,有模有样地安排道:"妈妈,明天把我的画给黄阿姨送一幅来。"

那副懂事、有想法的小大人模样,别提多有趣了。

临走前,西西蹦出一句英文,"THANK YOU!"

我开心地说,"西西还要给我来点儿英文呀!不用谢,如果西西保护好听力,做好每日清洁,黄阿姨会更开心的。"

那个俏皮的可爱女孩终于走上了阳光大道。

送走母女俩,助手和我说,"西西测听力的时候,她妈妈特别紧张。"

"怕西西听力下降吧!"我说。

助手点头。

经历了这样崎岖的求医路,难怪西西妈妈担心害怕,助手一联系她,她就说助听器好好的,每天都在戴,孩子听得很好,没什么问题。

我可以理解西西妈妈的心态,只是人的一生是动态发展的,定期复查非常有必要。

我对助手说,我们不仅仅要让孩子听到,还要尽力帮助把孩子的听力保护好。

特别提醒

助听器验配是一门专业的学问,仅仅靠微笑、优惠活动是远远不够的。助听器如果忽视了听力学专业的支持,对听障患者的帮助就会打折。

听力与言语康复学和耳鼻咽喉科学同属于独立的二级学科,助听器验配属于听力与言语康复学范畴。古人曰:隔行如隔山,非听力学专业的熟人指导要慎重,需要对我们的病患负责。

0—3岁是孩子大脑发育最快的时期,也是学习言语最关键的时期,0—6岁是孩子语言发展、认知发展最为快速的一个时期,每一年甚至不同的月龄都有着显著变化。儿童出现了听力损失会妨碍孩子的言语和认知发育,切莫错过最佳言语康复期。

3岁前的孩子中耳炎的发病率高达80%。因为小儿的咽鼓管较成人短、平、直,鼻咽部炎症更容易逆行感染到中耳,家长要注意防范。

正确的婴儿喂食方式是:保持头部高于喂食的奶瓶,防止呛咳;感冒发烧时,关注扁桃体炎、鼻炎等的同时还要关注孩子是否有抓耳挠腮的行为,如有,应警惕中耳感染并及时就医。

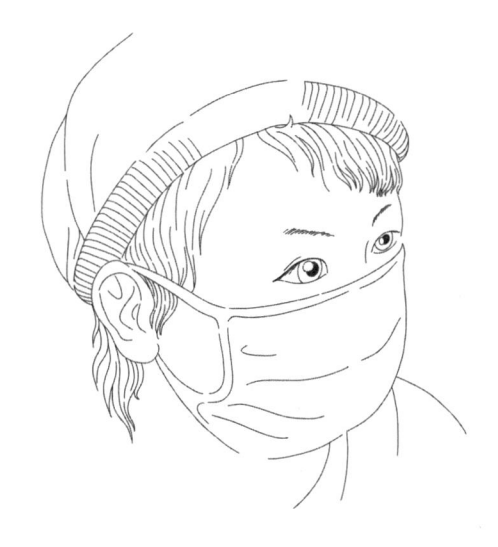

渴望听见的大眼睛

12岁

小军是一个聪明的孩子,他有一双漂亮的大眼睛,黑亮清澈,充满执着与渴望。特别是在他追寻声音时,他眼睛里的那种渴望好像生出了翅膀,要飞出来把声音抓住送到耳朵里去。

03

今年年初,武汉封城前的一周,有一个小患者让我觉得很痛心。

他叫小军,已经十二岁了,语言表达能力跟两岁孩子差不多,一次最多只能说三个字。

小军一岁多就检查出来听力不好,可直到八岁才戴上助听器,是残联捐赠的两个。但他只戴了几天就不戴了,丢了。九岁时,小军再次接受残联的捐赠一个,几天后又不戴了,然后又丢了。之后再也没戴过。

其实,他的双耳听力损失平均在七十分贝左右,属于中重度听力损失,正规验配并坚持佩戴助听器后完全可以上普通学校,可是他在普通学校只读了一年,因为听不见学不了,所以他八岁又从普通学校转入聋哑学校,直到现在还是一年级。

他的语言还没有建立,我们说的很多话他都听不懂。但是他并不傻,甚至还很聪明。他把家里的旧自行车重新组装好,自己一个人骑着玩。

他还有自己的喜好。他喜欢打篮球、打羽毛球,不喜欢打乒乓球。但是我问他打篮球一般几个人,他就听不懂了,茫然地看看我又看看他爸爸,不知道怎么回答。

我调试了一副助听器让他戴上,一边用手指着助听器问他:"小军,戴上助听器好不好?"我的声音不大,但说得很慢,几乎是一个字一个字说的。

他马上回答我："好！"

我又指着他的耳朵比画着问："你想不想戴助听器？"

"想！"他回答得又干脆又响亮。

然而他父亲一直说不想在医院配助听器，家里经济困难，还是想回老家等残联捐赠。

哎！这孩子已经耽误了十二年，还等得起吗？我心里着急！

再耽误下去他这辈子就毁了！

小军是一个很聪明的孩子，看他的眼睛就知道，他渴望听见。

当时他跟父亲坐在靠近诊室门口的长椅子上，我开门出去，他一直盯着我。我推门进来，他又盯着我。我的职业告诉我，他听不见。所以我只是习惯性地冲着孩子笑笑。

我走向办公桌，坐下，一抬头，看到他仍直勾勾地盯着我不放。

那是一双漂亮的大眼睛，黑亮清澈，充满执着与渴望。你说话的时候，他就直勾勾地看着你。声音在哪儿，他的眼睛就跟到哪儿。谁说话，他的眼睛就盯着谁。就像婴儿那样，不眨眼地盯着人看。

我想起了希望工程的标志性照片——《渴望读书的大眼睛》。照片里女孩的眼睛很大、很亮、很抓人。我感觉小军的眼睛跟她很像，但除了渴望还多了一份执着。特别是在他追寻声音时，他眼睛里的那种渴望好像生出了翅膀，要飞出来把声音抓住送到耳朵里去。

"这孩子只要正规验配助听器，能在有声的环境里，我有信心一年后让他回来给我讲故事。"我对小军父亲说。

可是父亲又说："我们想回去申请残联捐赠，不想在医院配助听器，太贵了。"

助听器捐赠是我国的一项惠民政策，只要听力损失达到听力残疾标准、家庭困难的听障患者，都可以向当地民政或残联提出捐助申请，经过评估，符合条件的听力障碍患者可以获得免费的助听器。

"如果确实你家温饱都有问题，可以去残联申请一个。但是如果你还有购买助听器的能力，建议你尽早为孩子专业验配一个。"我对他爸爸说。

我从事听力康复工作二十年，接诊过太多儿童病例。其其、涓子、高远等都是一些很正能量的案例，但我也看见一些被耽误的孩子。我曾接诊过一个二十九岁的小伙子还是只会喊"妈妈"的病例，他还有残余听力但一直没有被有效利用，语言能力基本丧失。像小军这样的病例如果再不救治也会陷入无可救药的境地，就很让人痛心。

我经常对孩子的监护人说：让孩子戴上助听器，帮助孩子康复听力，这是我们能提供给孩子的基本条件，之后才是学习、读书、成家。如果你不认真对待他的听力康复，他将来听不到，找不到媳妇，找不到工作，你一辈子都得管他，还可能得听他抱怨，从而成为家庭和社会的拖累。

因为只有孩子的听力康复了，他才能过好自己的人生，才能真正地独立。

对于小军，我很有信心，因为他有听力基础。现在的问题是，让他父亲的思想转过弯。

我打量着这个四五十岁的男人。

他一米六的个子，平头，头发花白，脸黑黝黝的，眉毛很浓，咧嘴一笑，露出一口白牙。他很和善，操着一口很浓重的地方口音，讲起话来一点儿也不拘束，给人真诚、随和、憨厚、朴实的印象。很像过去重庆街头随处可见的棒棒（重庆挑夫，临时搬运工），也像作家冯骥才笔下的挑山工。

我问他："你是做什么工作的？"

他腼腆地笑了一下，说："贴瓷砖，一个月能挣三四千块钱，家里有四个娃，不容易啊……"

嗯，从衣着打扮上看他是个卖苦力的人。一件黑色棉衣披在肩上，蓝色毛衣袖子卷到胳膊肘上，露出两条粗壮、黝黑、青筋暴露的胳膊，一条蓝色的裤子满是褶子。但是脚上那双黑色皮鞋，擦得锃亮。

这是一个好强的男人。或许没有这份好强，他还真撑不下来。

助手告诉我，他的妻子是二婚，前夫在矿难中去世了，她带着两个孩子和自己结婚后又生了一儿一女，男孩就是小军。妻子在小军两岁时病逝。从那以后，岳父岳母，以及矿难去世的妻子前夫的父母，都是他在赡养，作为上门女婿，他很不容易。

他的付出也得到儿女们的理解，四个儿女跟他关系都很好。现在前妻的两个孩子也已经工作。大女儿嫁到外地，去年生了个女儿，平时经常给他打电话。他亲生的女儿也上高中了，成绩还不错。

看得出来，他是一个善良、坚强的好父亲。

对于这样的家庭，我不知道怎么给方案了，几千块钱对于他们来说已经算是一笔不小的开支。但我又不愿意放弃小军，他那么聪明、帅气，渴望听见声音，他应该拥有更好的人生……

后来，我想到我的使命，即使小军爸爸不在我们医院验配助听器，我也要让他们了解到听力康复对小军和对他们家庭的重要性。

正好这时和我约好的两个学生其其和涓子来复查，我对小军父亲说："如果你们不着急走，就坐会儿，听听这两个孩子的故事。"

小军父亲听得很认真，偶尔还提问两句。但是小军一会儿就坐不住了。

他本来和父亲一起坐在长椅上，这会儿他屁股还坐在凳子上，上半身已经趴在父亲怀里，跟个两三岁的孩子似的，把脑袋偎在父亲胸前蹭来蹭去，嘴里不耐烦地哼唧："回家，回家……"

我不得不中断跟其其和涓子的谈话，看着小军，等他安静下来。

他父亲忙操着很重的方言，哄着他说："你看，哥哥姐姐都戴着助听器，你认真听。"但是根本不管用，小军还是把身子扭来扭去的。

"他不是不认真听，他听不见啊。因为听不见，他感到无聊啊。"我让助手把小军带到接待室去看宣教视频，然后对小军父亲说，"他听不见，内心是非常孤独的。"

"他不知道我们在想啥子，说啥子。"小军爸爸重述了一遍。

"所以，你要体会他的内心，他是想听见，渴望听见的。"

我看了看涓子，对小军爸爸说："这个女孩子，刚来的时候，跟小军一样大，也是十二岁。但是她正规验配助听器后一直坚持佩戴，现在已经大学毕业，刚被一家外企录用，一个月挣几千块钱，养活自己不成问题。"

我又指指其其，"这个男同学，他的听力比你家小军还差，但是他从五岁就开始佩戴助听器了，一直在普通学校读书，现在都上大学了。"

"你希望小军将来上大学吗？"我问小军爸爸。

他说："希望，肯定是希望。"

"希望？那你就要让他尽早验配助听器，这一步很重要，否则将来你再花多少钱都晚了。"

小军爸爸后来一直没插话了，看上去似乎陷入了深思。等其其和涓子的故事讲完，小军爸爸突然说，回去后要把今天我们讲的话，说给小军的哥哥姐姐听，想让他们也学习下。

我愣了一下，心里想他可真是个有心的爸爸。他这是把其其和涓子当成了榜样，想让孩子们学习。

接着他又说："黄医生，我想了想，要不你还是给小军配吧。"

我有些意外。

我以为他那天不会配机了。说真的，我跟他讲这么多，完全超出了医生的范畴。我只是想到，即使他再次申请残联捐助，但也必须让他监护孩子坚持佩戴。他这么快就决定在医院配机，我却没想到。但是，他的眼神看起来热切、真诚、坚定，不像是冲动。

我问他，你想好了？他说，嗯，想好了。

"那你大概想配什么价位的？"

"一万吧。"

"一万？一万一只，还是两只？"我心里想肯定是一万元两只，因为他家里太难了。但没想到他说，"一只，一万一只，配两只，差不多两万吧。"

我被这沉甸甸的父爱感动了。两万块钱对于他的家庭来说是很大一笔开支，他下这个决定需要多大的勇气？真是爱子心切啊！

我劝他谨慎，又给他推荐了一款几千块钱的型号，但是他都不要，他说："既然要配就配好点的。"

我心里暗念，今后要尽可能多给他们一些指导和帮助。

所以后来助手带他选外型的时候，他说，想选耳内机，怕儿子觉得不好看。我马上制止："耳内机太光滑了，小军好动容易弄丢，还是选择迷你耳背机。小军现在首要解决的是听力问题，而不是美观问题。要分清楚主次。"

我借用手势对小军说："你睡觉的时候，助听器放到枕头边。早上起来就戴上，洗澡、洗脸、睡觉不戴。"他当时就听明白了。

我又指导小军爸爸："回去以后，尽量把小军带在身边，多和小军说话。"

他爸爸说："没办法。我这个工作每天贴瓷砖，有时要贴到深夜才回家。"

小军在聋哑学校读书，每周要回家一次，我就跟他爸爸说："那每次小军回家,你都要抓住机会跟他多说话,让小军姐姐也要跟他多说话,给他讲讲故事。"

他说:"我女儿才不管他。"

"下次你把女儿带来,我给她讲讲。"

小军的姐姐比他大六岁,读高二,功课很繁忙所以平时不爱跟弟弟说话。但是听力康复不是患者一个人的事儿,需要家庭和亲人多方面的关爱和帮助。他们的父亲整天忙于生计,如果姐弟之间多一些交流,也有好处。毕竟她读了书,年轻,记性好,又容易接受新的知识和信息。有了她的帮助和监督,弟弟的听力康复会更快些。

但是后来复查时,国内疫情已经得到了有效控制,小军的姐姐已经开学了,没能来,有些遗憾。

那是5月8日,劳动节过后,小军跟他父亲一起来了。才四个月不见,小军发生了可喜的变化。

小军爱说话了。

第一次来,他坐在诊室里很安静,跟父亲之间的交流也很少。这次来,他们父子俩在旁边玩起了拍手游戏,一会儿低语,一会儿互相打闹,还不时哈哈大笑。很快乐!

首诊时,我们说的很多话他都听不懂,但这次能听懂一些简单的语句了。

我知道聋哑学校没开学,就问他:"你在家里干什么?"

他说:"戴助听器。"

不错,看来他把戴助听器当作最重要的事情了。

"你自己会不会戴?"

"会。"

但是一些稍微复杂的句子,他还是听不太懂。比如,我问他:"早上起床后，几点戴助听器？"他就不知道怎么回答了。

刚开始我以为他没听见，但问了两遍后，我发现他实际上没听懂这句话的意思。他父亲着急了，帮他大声重复了一遍，他睁着大眼睛还是没能回答。那是因为他才戴助听器四个月，言语康复才刚刚开始。我把长句拆成简单的短句问他："几点钟，戴助听器？"

他听懂了。回答我："六点钟。"

现在全国的新冠疫情基本稳定，他父亲要出去干活儿，起得早，小军跟着起得早。基本上每天起床洗漱后，小军就会把助听器戴上。戴上后除了有汗，他都不会摘下来。

"他很贪玩，玩疯了常常忘记戴。"小军爸说。

"这种情况，做家长的要辛苦一些。你要多提醒他戴，等他习惯了就好了。"

"我要出去干活儿，经常不在家。"这个话他已经说过很多次了。

我有些严肃地告诫说："小军爸爸，我跟你说，你必须要重视，如果你不按照我说的执行，助听器就白配了，孩子也就耽误了。他现在刚开始戴助听器，这几个月是关键期。现在没开学，你最好天天把他带在身边，甚至去工地上也要带着他。如果有时你确实不方便带他，也要打电话到家里，提醒他戴，或者让姐姐监督他，提醒他。"

我给小军父亲讲了一个故事，也是真实的案例。

2003年，我接诊了一个小男孩，也是十二岁，从小耳朵不好。当时他来的时候只会叫爸爸，他的听力还没有小军好。

但是他在我这里配了助听器后，按照我的要求，天天跟着爸爸到工地上去，工人们也喜欢逗这个孩子说话。后来那孩子不仅学会了说话，连脏话也会说了。

有一次那个孩子的父亲一定要请我吃饭，我就跟他们吃了个便饭，但是我抢着付了钱。吃饭的时候，孩子已经会说很多话，还会照着菜单点菜，麻婆豆腐、鱼香肉丝都会说。后来，说着说着还冒出来两句脏话，我连忙制止他："咦，这两个字不能说。"我严肃的表情让这个男孩马上就明白了对错，不再说脏话。

现在那孩子差不多三十岁了，会跟着他父亲到工地打工了，他还给我写过很多的信，分享自己的故事给我。

"你懂我的意思不？"我问小军爸，"说脏话不可怕，因为他不懂那是脏话，你及时纠正他就行。但是你不让他听，他什么话都学不会。"

"我懂了。"小军爸说。

"我对你的要求是，把小军带在身边，多跟他说话，以后他也可以学门手艺，成个家啊。你就没这么重的负担了，懂不懂？"

小军爸点点头说："我觉得他记忆力不太好，他不好学习。"

"你要说慢点，像教一两岁孩子那样，一遍一遍地教，一次不要教太多了，我给你说多了，你还不是一样记不住？"我半开玩笑地对小军爸说。

我又问小军："你想不想上学？"

"不想。"

我本来想问他为什么不想上学，可小军爸爸着急地插话说："你说想嘛，只是老师还没通知嘛。姐姐去学校，你不是之前还在问吗？你要去读书啊。不想去？就没得用。"

我看了一眼他父亲，笑着说："没事儿，他可能就是不想去学校，你让他自己说。"

我又问小军："你没上学，在家里干什么？"

"戴助听器。"他说。

我们在场的人都笑了。

"你会做饭吗？"

小军点点头，"嗯"了一声。他爸爸又急吼吼地说："你听懂了就说话，不要只点脑壳。"

小军的眼泪一下子掉下来，两只大眼睛泪汪汪的。

"就喜欢哭。"小军父亲在旁边嘟囔了一句。

父母是孩子的第一任老师，也是影响孩子一生的人。听障患者由于听力受损，在听力康复过程中容易出现家庭溺爱、社交障碍、任性、依赖、自卑、内向等性格特征，需要家长或监护人付出更多的努力和耐心，既不急于求成，也不丧失信心。只有这样才能帮助孩子克服行为、身心方面的障碍，使孩子得到全面康复。

但有很多父母因为不了解，在患儿的教育方面比较欠缺，像小军爸这样太着急了。孩子十几年不戴助听器也不急，一戴上就对孩子期望特别高，希望孩子马上会说话，马上像正常孩子一样。小军虽然十二岁了，可他的语言能力才不到两岁啊！光着急肯定不行，那样反而会适得其反。

但我没有立即劝说小军爸爸。有些观念上的东西，不是别人说两句就能改变。我想到了另一个好办法。

听小军爸说，小军很贪玩，平时在村子里经常跟同伴们打篮球、打羽毛球、骑车、玩游戏。有些很复杂的游戏，他本来不会，你一指点他就会了，于是我拿出给婴儿用的看图识字卡教小军认字。

我先领着他读了一遍每一张卡片上的内容，然后把卡片铺在办公桌上，给他大概讲了一下游戏规则：我说出一个图片的名字，他马上指出卡片。听见和人玩游戏，眼角还带着泪花的小军，马上变得高兴起来。

他的反应很快，记忆力也不错，不像他爸爸说的那样。我第一次教他时，有些图片他不认识，比如他把"老虎"说成"王"，不认识茶壶，不会说"大西红柿""小西红柿"，图片上一堆水果，他也不知道该怎么说。但我只教了他一遍，当我们开始做游戏，我说出物体的名字，他全都找对了。

孺子可教也！我翘起两个大拇指，笑着对小军说："太棒了！一百分，一百分。"

小军开心地笑了。

原来他说不喜欢学习，不想认识字，这时我再问他："小军，你觉得这样认字好玩吗？"

他马上答："好玩。"

"你喜欢学习吗？"

"喜欢。"

我看了一眼小军爸爸，他没说话，但是脸色有些愧疚。

接着我又跟小军玩了另一个游戏，就是我们教一两岁小孩的那种游戏：说话的人拉着听话人的手，一边拍手一边说面部的鼻子、耳朵、眼睛、嘴巴，听话者要立即用手指出相应的部位。游戏中，我说小军指，大家都玩得很开心。

这个时候，我才告诉小军爸说："你要像这样教他，真的要像教一两岁的孩子那样，他才会有兴趣去学习语言，多鼓励少指责，他学起来就会快些。"

我看小军状态好点了，又问他："姐姐的学校你想去不想？"

"不想去。"张小军回答很实在。

他父亲又插话："他想去，以前他就说想去普通学校，不得行，去普通学校绝对不行。人家不会要的。"

看来让他父亲改变观念很难。这其实是一个社会问题。耳朵不好的孩子，让他听见是第一步，让他学会说话是第二步，第三步就是让他融入到正常人群去。他如果总是在聋哑学校打手语，接触语言环境少，就很难融入正常人群。

我提醒小军爸爸："暂时先不说去普通学校。头一年，你就辛苦一些，让他坚持戴助听器，因为不戴助听器就像医生开了药你不吃，这样不行。等小军开学后,你就把小军的情况告知老师们,烦请老师们多跟小军说话,多教他说话,可以把小军当成小助手,有什么事就叫小军去做。"

我又对小军说:"尽量不要打手语,在学校也不要打手语,用嘴巴跟老师交流。"

最后我把这些注意事项全都写在纸上,然后一个字一个字地教小军读了一遍。之后,又对他父亲说:"你回去后,把这张纸贴在墙上,每天都让小军读一遍,记在心里面。现在你拍下来,给他的班主任老师发一份。"

我说完,小军父亲还没反应过来,小军已经拿过手机,输入开机密码,打开微信,一溜儿往下翻到罗老师的微信,打开对话框——对着我写的注意事项拍照,"嗖"一下,发出去了。

发出去之前,他父亲看到他点击罗老师,有些犹豫地问了一句:"发给罗老师呀?"

他"嗯"了一声,毫不迟疑地点击"发送"。

当时诊室里坐着七八个人,都夸这孩子聪明,反应快。

小军戴着口罩,漂亮的大眼睛漾满了笑意。

我心里叹了一声,盼望疫情早日结束,祝福这孩子,祝福大爱的父亲!

特别提醒

　　1998年3月，在政协第九届全国委员会第一次会议上，社会福利组15名委员针对我国耳聋发病率高、数量多、危害大，预防薄弱这一现实，提出了《关于建议确立爱耳日宣传活动》的第2330号提案。

　　这一提案引起了有关部门的高度重视，经中国残疾人联合会、卫生部等10个部门共同商定，确定每年3月3日为全国爱耳日。

　　为了提高我国人民的康复指数，在听力方面，我国政府每年划拨巨资购买助听器和人工耳蜗，免费捐赠给贫困的听障人群，这一举措无疑是一大好事，利国利民，让许多家庭认识了助听器，获得了助听器。

　　然而，目前助听器的捐赠还存在一些问题。

　　其一，捐赠的助听器型号与听障患者的听力需求不一定匹配。

　　其二，助听器需要专业验配、检查、调试及后期指导，而之前捐赠的助听器出现了公益事业尚没能得到足够的专业支持的情况，受赠者由于对助听器的不完全理解和佩戴效果有限而把助听器随意丢弃一旁，造成了资源浪费。

　　其三，需要对老百姓进行宣教，培训患者家庭对患儿的关注度和支持度在听力康复过程中至关重要。

　　佩戴助听器的患儿，有条件的可以进行正规的语言康复训练，同时更需要融入到有语言环境的正常人群中。

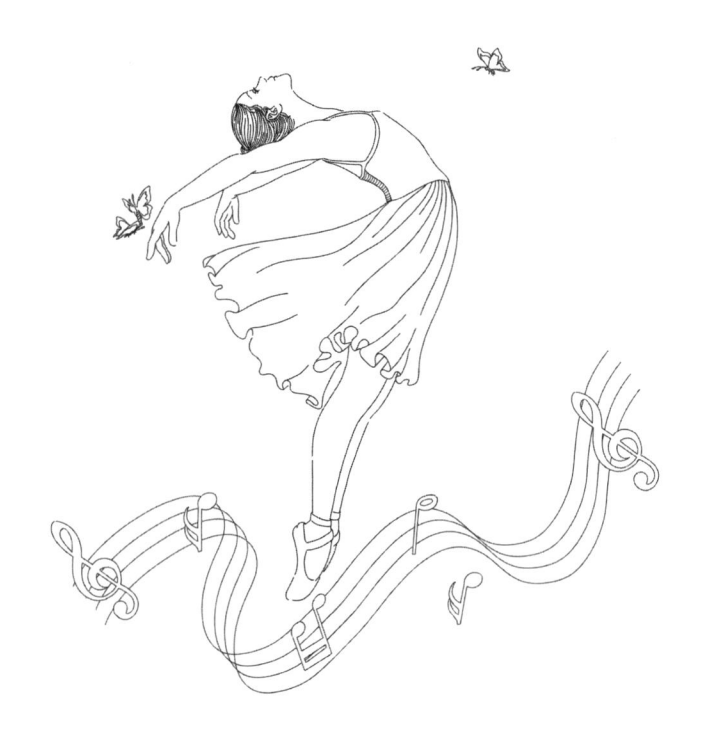

破茧而出的蝶

17岁

禾苗说:"希望那些像我一样的人,不要因为缺陷怨天尤人。因为有时候失去并不可怕,可怕的是放弃自我。"

04

我心中有个太阳

我心中有个月亮

我眼前有一片红花绿草

我听到小鸽子的歌唱

总有温暖的手牵着我

总有温柔的话送耳旁

总有一个声音为我带路

总有一个呼唤飘在我心上……

你见过蝴蝶破茧而出吗？我见过。

女孩翩跹起舞，像一只破茧而出的蝴蝶，突破了无声黑暗的拘禁，凝聚了所有力量和对幸福的憧憬。

她就是禾苗。2岁半开始叫妈妈，起初家里人以为是"贵人语迟"，一年后发现她还是只会叫妈妈，3岁半时才到我们医院就诊，因双耳重度神经性听力损失戴上了助听器。

今年她已经17岁了，近十五年来，看着她从寂静环境到有声世界，从一个内向胆怯的毛头小丫头到开朗活泼的美少女，每次见到她都让我感到惊喜。

她不仅语言发育良好，普通话说得也很标准，更可贵的是她还具有很强的音乐感知能力，能表演许多高难度的舞蹈。

我在重庆电视台《不见不散》健康栏目里录制了三期节目，其中录制儿童听力康复节目时，我邀请她去做小嘉宾，表演了舞蹈《我心中有个太阳》，她在舞台上翩翩起舞，宛如一只破茧而出的美丽蝴蝶在阳光下自由飞舞。

明年禾苗就要参加高考了，所以这次回访我们约在禾苗的学校，她和她的妈妈、班主任江老师一起接受了访问。

江老师一头传统的男式短发，笑容温和淳朴。

我问他第一次见到禾苗有没有发现什么不同。他看了看禾苗，眼里满是赞许："没有发现什么不同，她开朗活泼，普通话说得比我还要标准。"

后来和禾苗妈妈沟通之后，他才知道禾苗戴了助听器，但他也没找苗苗谈话，因为他并不确定那样做会不会伤害孩子的自尊心，于是只在私下里默默地关注禾苗。

"我下意识地不想打扰她，不想让其他同学觉得因为她听力不好，老师就特别关心她，也不想让其他同学觉得她有什么不同。"他说。

在江老师看来，苗苗和别的学生没有什么不同，一样地上课下课、玩耍嬉闹，但因为没有和听障孩子的相处经验，不知道如何恰到好处地关心他们，所以江老师主要还是默默关注。

老师同学对自己的关心爱护，苗苗是知道的，"老师同学都在用自己的方式关心我、帮助我。"

比如，老师会关心她的听课质量，如果觉得自己讲课声音有点小，会下意识地问禾苗能不能听见，长此以往，双方都养成了一种默契，每当老师用眼神询问禾苗时，禾苗都会以点头或摇头回复他们。

听着禾苗的描述，我的脑海里浮现出老师学生视线交流那一幕，对视、微笑，也就是那一瞬间，温暖如春日阳光。

苗苗和同学之间的沟通交流更是顺其自然，同学们会留意苗苗有没有听见，是很自然的交流，不会特别刻意。

这样的交流是相互的，禾苗也担心错过同学们的谈话，于是在宿舍里洗头发、睡觉时，都会提前跟同学们说："我把助听器取下来了。"如果同学忘记，她还会指一指自己的耳朵，同学一下子就懂了。

"我很喜欢这种相处方式，感觉自己是他们中的一员，没有一点儿格格不入。"她说。

苗苗妈妈在一边点头，在她看来，苗苗变得开朗，跟老师和同学的关心支持分不开。

原来从小学起，考虑到禾苗的听力，老师一直都安排她坐前三排，还会定期和禾妈妈沟通禾苗在学校的情况。

"最初那段时间她基本上回家就是做作业，要不一个人玩，很少说话，现在到了家里叽叽喳喳说不停。"禾妈妈说。

家是心灵的港湾，禾苗的成长中，父母是她坚实的后盾。

禾苗的父母开了一间不到十平方米的小杂货店，经济并不宽裕。但也就是他们给了禾苗无法替代的安全感。

诚实善良的父亲、仁爱温柔的母亲，还有能歌善舞的女儿和可爱的小儿子组成了一个温暖的四口之家。

当你看见这一家子，会从孩子们"嘎嘎"的笑声里和父母慈爱的眼神中意识到，这是中国万千朴实家庭中的一个。

但你很难看出夫妻引以为豪的女儿自幼重度听力丧失，也很难看出这个家庭经历过的苦难。

当我问到苗苗受过的伤害，禾妈妈眼睛里尽是豁达释然，她说："刚开始，或多或少会有一些异样的眼光，但我每天忙于生计、照顾孩子，顾不上别人怎么看。后来苗苗戴上了助听器，话慢慢变多，性格也活泼起来，我心里轻松下来，就更不在乎了。"

禾妈妈说，虽然现在还有人会好奇地围观，但是越来越多的人鼓励夸奖孩子，夸奖禾苗普通话很标准，很得行！

其实，相较于被异样的眼光围绕，禾妈妈更难受的是因为自己的粗心大意，导致孩子没能更早就医治疗。

"我没能及时察觉孩子的听力问题，我想……"说到这里禾妈妈顿了一下，哽咽了。

同为母亲，我深感这种无力，安慰道："苗苗的康复治疗还不晚，及时戴上了第一副助听器，并没有错过语言康复期。"

一旁的禾苗看到妈妈落泪，也默默走过去紧紧抱着妈妈，虽然苗苗什么都没说，但禾妈妈仿佛被注入了一股力量，弯下的腰背挺直了。

禾妈妈慈爱地看看苗苗说道："她的第一副助听器10800元/只，当时家里只有9000多元，我还向亲戚借了些钱。"

尽管禾妈妈知道有便宜的助听器，但她还是想尽力给孩子配更好的。

她说，"孩子那么小，后面的日子还很长，我怎么忍心让她什么也听不到，以后她高兴伤心都没有办法表达，光想想就很难过，所以只要有一点机会，我拼尽全力也要试试。"

禾妈妈的眼眶微红着，看似柔弱却很坚强。

所有人似乎都陷入自己的思绪中，气氛有些凝住。

许久没说话的江老师安静地坐在一旁，神色有些伤感，他可能没有见过禾苗母女俩的这种场景。

"其实她们早已走出了最痛苦的阶段，现在哭已经不是因为悲伤、艰难、痛苦，而是因为感动、感恩、欣慰。"我解释道。

江老师这才振奋起来，说："禾苗开朗坚强，和同学相处都很好，同学们也都很喜欢她。她的跳舞水平也很不错，舞蹈老师都说，通过考试没有问题。"

"我和她爸爸为了生计成天做点小本生意，没有一丁点文艺细胞，她却很喜欢跳舞。记得当时她刚戴上助听器时，黄医生在电脑里放了一段音乐给她听，她一听到就跟着动起来，后来我就送她去学习舞蹈了。"听到老师在夸苗苗，禾妈妈有些高兴。

一切都是最好的安排，在禾苗心里，跳舞是上帝给她开的"一扇窗"。她热爱跳舞，因为跳舞能给她自信，十几年的学舞生涯，禾苗沉浸其中感受不同的民族风情，不同的音乐……

那是独属于她的快乐。

她说："以前，舞蹈对于我来说只是一个爱好，现在接触了专业的舞蹈课，学到了以前没学到的技能，我痛并快乐着。我有一群舞友，我们一起流汗、流泪、嚎叫。虽然辛苦，但我很开心。仿佛世界就是这样缤纷多彩，人生旅途就是这样美好。"

说到自己热爱的舞蹈，小姑娘眼睛里闪烁着点点星光。

戴着助听器跳舞，这是很多人想都不敢想的事情，但禾苗这样跳舞已经十几年了。

我深知其中困难，却又不能想象到底有多么困难。

当我问到戴助听器跳舞有什么不方便时，苗苗无奈地笑着说："做有些舞蹈动作，比如旋转、跳跃、倒立时，都会担心助听器会掉下来，虽然从来没有掉下来过。"

当然，不仅如此，除了戴着助听器不方便，更难的是听有难度的伴奏，比如节奏起伏不明显的一些古典音乐，就要加倍用心去感受。

我明白，舞台上的举重若轻、翩然起舞，背后都是日复一日的训练、积淀。

我问她，戴着助听器练舞这么难，你想过放弃跳舞吗？

"当然想过啊！"禾苗答道。

但似乎觉得自己回答太直接了，她有些不好意思地眨眨眼，腼腆地笑了笑，接着说："是妈妈一直鼓励我，既然喜欢，就不能轻易放弃，一定要坚持下去，和听力正常的同学一样去做自己喜欢的事……"

说到后面，禾苗脸上的笑容渐渐消失。

一旁的禾妈妈接过话头说："她四岁开始学跳舞，初三的时候就考过了舞蹈十级，舞蹈已经是她生活中的一部分了。很多人说她跳舞很有天赋，但她有好几次回家跟我说不想跳舞了，我问她为什么，却什么也没问出来。"

苗苗听着妈妈的话，沉默下来。

或许是想到了那些难挨的日子，或许是想到那些给予她温暖的人，她捂着脸哽咽出声，在那些有眼泪的字眼，可以清楚地听到，"我一直在学习接受现实，一直告诉自己失去并不可怕，可怕的是放弃自我。"

小小的女孩，心底的苦涩在这一刻弥漫开来，在场的人皆动容。

禾妈妈缓缓地抚着禾苗的背，依偎在禾妈妈怀里的苗苗弟弟（三岁）察觉到妈妈的情绪起伏，仰着脑袋看看妈妈，又看看姐姐，嘴里嘟嘟囔囔道"不哭不哭"，禾妈妈被小儿子的可爱模样逗笑，连忙哄着说"姐姐不哭啦"。

小男孩蹙着眉头，关切地看着妈妈和姐姐，乖巧懂事的小模样真是可爱极了。

我在重庆电视台《不见不散》做那期儿童听力康复栏目时，邀请了禾妈妈、禾苗参加，那时还没有小弟弟。

禾妈妈说，弟弟其实是苗苗耍赖要来的。

自从禾苗懂事后她一直想要个弟弟妹妹，但禾妈妈夫妻俩都没敢要。

一是他们的生活本来也不宽裕，二是想给禾苗更多的陪伴。

禾妈妈想得很透彻，"虽然说再生一个，原则上不会偏心，但是精力有限，对苗苗的关心还是会减少。"

直到禾苗十岁了她还是说想要弟弟妹妹，一说起还撒娇耍赖，夫妻俩这才决定要第二个孩子。

当时他们提出再生一个孩子的想法时，我建议他们到遗传咨询门诊做进一步病因诊断，最后耳聋基因检测结果提示：孩子是常见耳聋基因GJB2：c.235delC纯合突变，父母均为GJB2：c.235delC杂合突变。于是建议他们可在孕12—26周行产前基因诊断预测胎儿听力状况。

在禾苗妈妈怀孕12周时通过产前诊断提示胎儿仅携带GJB2：c.235delC杂合突变，预测听力正常。（如下图所示）

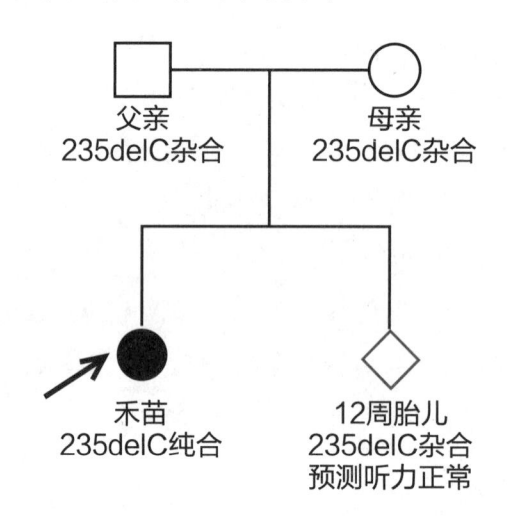

父亲
235delC杂合

母亲
235delC杂合

禾苗
235delC纯合

12周胎儿
235delC杂合
预测听力正常

在禾苗十岁那年，一家子都盼望的小弟弟出生了。这个听力健康的弟弟给整个家庭带来了新的活力。

如今苗苗弟弟三岁了，忽闪着漂亮的大眼睛，正懵懵懂懂地看着我们，见我们都看向他，害羞地躲到妈妈怀里去了。

禾妈妈摸摸儿子的头，笑着说自从有了弟弟禾苗变化很大，变得温和耐心，他们忙的时候都是苗苗照顾弟弟。

"她把弟弟照顾得周全仔细，完全一副小大人的样子，有时候比我还仔细。"禾妈妈说。

值得高兴的是，禾苗学习上也更加努力了，有一次她还对妈妈说，要给自己立一个小目标，要通过一些方法提高学习成绩。

禾苗说："我要给弟弟做榜样，让他知道任何困难都不能阻止一个人活出自我，不要试图去改变别人，只有通过不断努力让自己变得优秀，才能改变别人的态度。"

特别提醒

第一胎生育有听力问题孩子的夫妻，如有再次生育计划，务必在怀孕之前到遗传咨询门诊或产前诊断中心就诊，明确致聋病因，对于优生优育意义重大。

听障孩子融入普通学校，老师和同学们正确的相处模式，对听障孩子的学习和心理成长也很重要。

听障孩子的听说交流较依赖视觉，特别是对于听力损失较重的孩子，与其交流时尽量面对面让听障孩子看到你的口型和表情。除此之外，在其他方面也不必过度关心溺爱，因为他们需要在智力和心理上与正常孩子一样成长。

九死南荒吾不恨

兹游奇绝冠平生

诗词为心

20岁

其其说:"我一直觉得连自己的声音都听不见是一件很难过的事情。"

05

2020年2月,中央电视台《诗词》节目现场,一个二十出头的阳光男孩以丰富的诗词储备、淡定从容的临场反应得到场内外观众的点赞,而他在舞台前的一段内心独白,更是令人动容。

他说:"我五岁失去听力,这个经历深刻地影响了我的人生轨迹,它带给我一些挫折,但是我觉得我从中获得的,不比它从我身上带走的少。所以我希望可以通过这个节目,告诉其他像我一样的人,请继续保持热爱生活的态度。"

他是我的病人,其其。

其其五岁时,被确诊为双耳重度神经性听力损失,至今戴助听器已有十六年。

这些年,在助听器的陪伴下,他像大多数同龄人一样,与其他孩子一起竞争,为成绩赛跑,顺利读完了幼儿园、小学、中学,现在是大学三年级的学生。

客观地说,听力确实在一定程度上给他带来了一些挫折,但他说:"我更愿意把听力不好理解为特质,像唱歌跑调、发音不准或者听不清他人的话,这些像生活的小插曲,没什么大碍。"

他从小热爱古诗词,将诗词吟诵当成自己的一种癖好。这不仅拓展了他的知识面，还练就了纯正的普通话，这一年他又凭借实力站上了央视大舞台。

如果不是他的独白，没人会注意到他戴了一副小小的助听器。

其其参加诗词大会的节目播出后不久，他和母亲一起来医院复查。

好几年不见，其其更帅气了。一米七几的身高，白皙俊秀的脸庞架着一副金丝眼镜，带着点书生气。他依然那么阳光，还增添了几分自信。其其妈妈倒是没什么变化，还是那么温柔娴雅、美丽端庄，是一位典型的中国式母亲。

其其妈妈非常客气，一到诊室就跟我打招呼。接着又温柔慈爱地对儿子说："其其，叫黄阿姨。"

其其斯斯文文地叫了声："黄阿姨好！"

我高兴地说："其其，我看了你的节目，非常了不起。"

"不过，我没取得好的名次。取名次很难的，还要靠运气。但这是一种经历，起码证明了我的能力。"其其的回复简洁有力。

"我欣赏的是，你走上舞台首先坦言自己是一名重度听力受损学生，并且还阐明了自己积极生活的态度。你把这份勇敢乐观向上的正能量传递给了整个社会，鼓舞到了更多的听障人士。"

我边说边打量其其，他脸上表情很平静，没有因为别人的夸赞而沾沾自喜，也没有因为比赛落选而感到沮丧。小伙子成长了！我心里暗想。

"你的助听器戴了十六年，有没有不习惯？"我问他。

"没有。因为我是在比较小的时候就戴上了助听器，意识还没有成熟，对它就不是很排斥。我反而觉得如果没有助听器，我的生活会比较难过。"其其的回答斩钉截铁。

坐在旁边的其其妈妈插话说："他一直都想戴，从来没有表达过不想戴。因为戴上去之后，对他影响好大啊，看动画片、背诗歌、与人交流，都很方便。"

孩子都是想戴的。因为听见是人的一种本能。

我印象很深刻，十六年前其其父母牵着他一起来到我的诊室。

他父母脸上表情很沉重，四岁多的小其其却是那么机灵活跃，一双明亮的眼睛骨碌碌东看看西瞧瞧，把诊室的升降凳子不厌其烦地旋上转下，白皙的脸庞红扑扑的，一副玩得很开心的模样，丝毫感觉不到与自己相关的痛苦。

我当时先按照流程向其其父母询问病史："你们是怎么发现孩子有听力问题的？"

其其妈妈说："我儿四岁时得过一场腮腺炎，之后几个月，我们每次叫他，他总是'啊、啊'的，好像没听见。刚开始，我们以为是孩子玩性大了，调皮，故意不听话；后来，幼儿园老师提醒我们说，其其最近好像不对劲，我们才带他去当地医院检查。"

"查出什么问题了吗？"我问她。

其其妈妈瞬间泪目哽咽着说："没有。因为他刚满4岁，不会配合检查，我们那里的医生看到他反应迟钝，就判断我儿智力有问题。我们完全接受不了。你想啊，智力问题对我儿影响好大啊，以后我儿怎么过呀……"

从初次病史询问中，我了解到其其四岁前已建立了语言，为他佩戴调试好的助听器后，小其其仿佛从睡梦中苏醒过来，变得很爱说话。

我拿出看图识字的字块，他用脆生生的童声一一道来："兔子、杯子、袜子、妹妹、婆婆……"当我指着一张画面是海面上的太阳时，他说："这是日出。"

各种检测完成后，我告诉其其父母，其其为双耳重度感音神经性听力损失，康复听力需要佩戴助听器。其其爸妈很果断，马上就给其其配了助听器。

其其长大后，我曾问过他："你还有印象吗？五岁时，你第一次戴上助听器，感受怎么样？"

他说："关于这件事我最初的童年记忆很模糊，只有一个场景特别清晰。我一直记得，当我戴上助听器，从您的办公室走出来，走向另一栋大楼时，要经过一条长长的天桥，桥上人来人往，我听见了熙熙攘攘的人声和各种嘈杂的声音，还听见了自己的声音。我高兴地在那里转圈、跺脚，大声地向爸爸妈妈喊道，爸、妈，我可以听见了，我可以听见了！"

这就是孩子，单纯又真实。

他不会用语言表达那种开心，只能用行为去表达。

他会因为听不见自己的声音而难过，也会因为听见了声音高兴地跺脚、大笑、转圈。但他很少因为戴助听器这件事觉得难受或自卑。

他说："五岁大概是孩子意识稍微萌芽的时候，但我觉得这可能是孩童自有的特质，不介意失去，更关注自己得到了什么而产生欢愉。所以佩戴助听器这件事其实给我带来了很多失而复得的快乐。"

其其的这种说法颠覆了很多家长的认知。

我曾遇到过不少家长，他们不愿让孩子戴助听器，害怕孩子受歧视，反而耽误了孩子。

其其妈妈也有过这种担心，她说："其其刚戴上助听器时，我也很害怕别的同学说他是聋子。我们在家里是不说这个（聋）字的。记得有一次我带他在广场玩，他突然哭喊着跑过来，紧紧地抱着我说，妈妈，那几个小孩说我是聋子。当时，我紧紧握着他的手，走到那几个小朋友面前说，他是听力不好，但是他成绩比你们好，作文也写得比你们好！"

从那之后，其其发生了很大变化。

他不再害怕与正常孩子一起玩耍、学习，成绩也进步显著。高考时，他的英语考了一百三十分。震惊了很多人。

我问他："你是怎么做到的？"

他说："我一直相信人生不设限的准条，我培养不了英语语感，不能像别人那样通过发音记忆与拼写单词，但我能做的事情还有很多，背单词、刷阅读等等。"

其其妈妈说："送他上大学那天，我担心他不习惯就没回家，在学校附近找了个宾馆住下。到了晚上，他对我说，妈妈，我们今天开了班会。我问他，'你怎么说的？'他说，'我叫其其，因为我从小体弱多病，造成了听力受损，现在戴着助听器，希望大家理解。'我听了，就觉得我儿真的过了这个坎了。"

其其很自信地接话："我觉得当你的能力比较强了，就会很少有人来挑衅你。如果有人挑衅你，你还可以反问他一句，我的听力是有问题，但是我的能力不比你差，我的学习态度比你好，那你在干吗？"

"说得好！我的听力不好，能力却比你强，你还嘲笑我，不觉得汗颜吗？"我大声称赞这个有点傲骄的小伙子。

我问他，你在同学中有没有好朋友？

其其说："我跟大学同学相处都比较愉快，在中学还有几个耍了十几年的好朋友。"

但是其其妈妈有些疑惑地小声问："黄医生，你觉得这一类孩子，会不会因为他听力不好，才会更多地去'包容'别人，别人才愿意跟他做朋友呢？"

这是个好问题，我不是心理医生，不是社会学家，没有做正面回答。

我看着其其说："这个要问其其，在遇到别人异样的眼光时，你是理解社会上有这类人的存在，不在乎他？面对他？还是因为害怕得罪他而表现出一种'包容'？"

其其妈妈转向其其着急地问："儿子，有同学伤害你的时候，你能接受得了这种事情不？"

其其脱口而出："我还没遇到过这种情况。"但他沉吟了几秒钟，又接着说："或许以后参加工作进入社会后，我也会遇到一些挫折吧。但如果是因为语言方面的问题，我会置之不理。我觉得不能因为一个人身体上某一方面的缺陷，就否定他优秀的品质、强大的能力，那是很无聊、很狭隘的事。"

其其真的不在意吗？我心里打了一个问号。

看到他自信的样子，我既高兴又略有担忧，决定刺激他一下："在日常生活中，比如某些环境很嘈杂时，对方说了两三遍，你可能还是没听清，这时，对方可能就会生气，跟你急，甚至说些难听的话，你遇到过这种情况吗？"

其其说："我爸爸不就是这样的人吗？我爸说话声音特别低沉，很难听懂。去年夏天的时候，我爸让我帮他拿羽绒服。本来夏天拿羽绒服就是一件不寻常的事，再加上当时我刚睡醒，还有点迷糊，就没听懂。我走到他面前很客气地问他，可以麻烦你再说一遍吗？他当时就有点冒火了，但他还是说了第三遍。我听了后，就以为他是让我去找一本书，结果找了半天也没找到。然后，他就真的发火了，吼我，说我耳朵不好，最后我们还吵起来了。"

其其像是讲述别人的故事，看似平静却流露出一丝委屈。

其其妈妈捕捉到了儿子的情绪，但她没有偏袒，而是慢条斯理地帮儿子分析：

其其，你要这样想，你爸爸就是在给你做人生预演，我不也是一直在给你预演吗？你每天就是在爸爸妈妈的千锤百炼下，逐渐练就了强大的承受能力。

你还记得不？读一年级时，你奶奶跟班主任打招呼："不要喊我孙子做扫除，不要喊我孙子上体育课。"后来班主任老师给我打电话，我说："不得行，不能这样，还是要跟正常孩子一样，正常孩子做啥子，其其就要做啥子，不搞特殊。"因为我想到，你搞特殊，其他孩子肯定会孤立你，你就会与社会脱节。

从小到大，凡是你要求学的，哭着都必须学会！

九岁时，你想学游泳。爸爸妈妈请了教练教你，那个教练只是站在岸上教，你在水里都听不见（助听器是电器类，不能在水下戴）。交了钱（学费）后，头两天你还有兴趣。过了两天，你就哭着不愿意下水了。

我认为这种（畏难）习惯不好。正好有个电视台在播放蛙泳教学视频，我喊你先看，然后在客厅的凳子上面铺了垫子，喊你趴在上面，跟着电视里的口令"手伸出去"，我就在旁边抓住你的双手往前推。"收手、收腿"，又把你的手和脚拉回来。就这样反复练习，你的动作渐渐协调。一个暑假，你在岸上学会了游泳。

助听器是电子产品，目前还没有做到完全防水，因此听障患者在水里不能戴助听器，听不见教练的训导，学会游泳有很大难度。

但其其妈妈做到了，真的很了不起。

不过值得注意的是，游泳虽然是一项很好的健身运动，但并不是所有的听障患者都适合游泳。比如一些中耳炎患者、鼻咽癌后遗症患者。因为这些患者的耳朵本身就有炎症，污水会加重这些症状，不利于康复。但其其的耳疾属于神经性的，他可以游泳。

我问其其："现在能游多少米？"

他说："三公里。"这又超出了我的预估。

"你学会游泳时，感觉怎么样？"

其其妈妈说："他每做成一件事，我们都很高兴。他学会游泳后，像一条鱼儿在水里翻转、玩水，那种自信和兴奋，我和他爸爸在岸上都能感觉得到。"

她的这种教育方式很好,我很认同。爱孩子,但不溺爱,这才是真爱。迁就溺爱,反而会害了孩子。

其其妈妈笑着说:"我儿前几天还说,妈妈,我记得小学四年级之后你就没打我了。我说,'当然了,小的时候你听不懂,打痛了你知道做错了,你长大了,讲道理就能够理解'。他说,'我晓得是因为我大了,你打不赢我,追不赢我了'。"

在场的所有人都笑了。

爱是可以传递的,父母爱孩子,孩子也会把这种关爱反馈回来。

其其妈妈说:"我这个孩子比较暖心。有一次,我右手骨折,左手要输液,上厕所没办法提裤子。他说,妈妈,我帮你提裤子。我说,不关事。他说,没事,我都不在意,你在意什么?我受伤那段时间,他正好放寒假,我早晨还要上班,他总是先起床,帮我烧好洗脸水,然后再叫我起床,帮我穿好衣服。"

我问其其:"你现在戴着助听器,生活、学习还有没有什么困难?"

他说:"都挺正常。只有一点,我怎样也培养不了英语语感。可能因为我五岁戴助听器前,只接触过汉语,没接触过英语,所以一直培养不了英语的语感。"

"你喜欢英语吗?"

"不喜欢。"

"简单的语句会说吗?比如:Nice to meet you。"

他左右看看,没有回应我。我猜测,他不是不会说,只是太追求完美,怕说得不好。

其其妈妈替儿子说:"他还是会说。"

我对其其和他妈妈说:"每个人都不是完美的,我们要学会扬长避短。与其浪费时间攻克自己不擅长的,不如集中精力学习自己喜欢擅长的。比如,你喜欢诗词,可以多研究诗词。英语,是一种语言工具,或许可以借助其他工具帮我们完成。"

其其笑了，嘴里开始念念有词。其其妈妈轻声向我们解释："他又在背诗词了。"

我问其其："你最喜欢哪个诗人？"

其其停下背诗，转身面向我认真地说："苏轼。"

"喜欢他什么？"

"乐观、豁达、洒脱。"

其其说："高中的语文老师一直用苏轼的诗句'九死南荒吾不恨，兹游奇绝冠平生'激励着我，在苦难中也要保持善良、乐观和积极的人生态度。所以我以后也想当老师，并送给老师两句诗：'绛唇珠袖两寂寞，晚有弟子传芬芳'。"

最后我问其其："你真的一点都没有纠结过听力这件事吗？"

他说："我高中时候曾有过，但那更像是青春期莫名烦恼中的一个。那时候我问自己，如果没有听力缺失这件事，我会不会更好？在成绩和其他的很多方面更有建树？后来我有了自己的答案：也许没这件事我不会像现在这样自信，这样认真。"

他觉得人重在自我接受，承认自己，然后与自己和解。

他说："我认为如同视力下降需要佩戴眼镜一样，佩戴助听器也是件很寻常的事，我就在与助听器的耳鬓厮磨中长大。"

他用自己的亲身经历验证了那句话："一个人的模样，来自他走过的路、看过的书、经历的人和事，变得优秀是一件挺重要的事。"

特别提醒

  我接诊过许多听力有问题的孩子，他们都是那么聪明、漂亮、可爱……他们和正常孩子之间的区别，就是需要一个健康伴侣：助听器，让他们听见了自己，听见了世界，听见了未来！

  引起听力受损的其中一个原因就是身体的疾病，严重的腮腺炎、麻疹等疾病都可能引发耳聋。其其是其中不幸的一个。

  用他自己的话描述："我一直觉得连自己的声音都听不见是一件很难过的事情。"

  但不幸中的他又是幸运的。

  幸运的是他获得了良好的家庭和社会支持。其其降生在一个有爱的大家庭中，有一个智慧而贤淑的母亲；幸运的是，他在第一时间选配了助听器，几乎没有走弯路；幸运的是他在家庭、学校及社会等全方位的爱护下健康成长，无论从言语发育、智力开发和心理发育等方面都得到健康成长，在CCTV的舞台上，他用标准的普通话向观众传递了一个听障孩子乐观向上的人生态度，也让观众看到了听力早期康复的良好效果。

  听是人的一种本能需求，孩子不会受传统观念的束缚，孩童会更乐意更快速地去接纳助听器给他们带来的快乐。

  家庭学校健康的人生理念，引导其其拥有了一个健康的人生。

应聘了一百家公司后

23岁

涓子心里始终有个声音:"我绝不能什么都不做,我自己一定要变强、变好!"

06

涓子是一个我很佩服的女孩。

她今年二十三岁，看上去温柔、娇小、弱不禁风，但是非常独立、自信。大学时，一个人跑到国外做义工，为了省钱，连厕所都住过。毕业前后，为找到一份合适的工作，一共应聘了一百多家公司。

她父亲是办厂子的，比较有钱，不舍得她那么辛苦，多次劝她："咱家又不缺你挣的这几个钱。你不要去工作，爸爸养你！"

她偏不听："咱家条件再好，我也不可能让你们养一辈子，我要自己养活自己。"

那一刻，作为她的听力康复医生，我感受到了从医的全部意义，也更加感受到肩上责任的重大。

我经常组织患者座谈会，邀请患者及其家属分享自己的故事与经验。有时两三个人，有时四五个，有时一二十个。涓子性格外向，开朗活泼，又愿意分享自己的故事，经常来参加活动。

2020年1月初，趁着学生放寒假，我在办公室里组织了一次小型座谈会，邀请的都是学生患者及其家属，涓子也来了。

她那天穿了一件乳白色的风衣，一头浅棕色的中短发，软软地搭在肩上。皮肤白净，眉清目秀，五官精致。看上去很美、很仙，青春洋气，引人注目。

大概因为当天来的几个患者都与自己年龄相差无几，涓子毫无保留地讲述了自己从抗拒助听器到接受助听器，从敏感自卑到开朗自信的整个心路历程。

她的声音清甜细软、语速飞快、咬字清晰，普通话说得特别标准。

她的嘴角始终带着微笑，给人的感觉如沐春风、清新自然。即便说到不幸也是如此，好像在讲述别人的故事。

尽管她的语调和神情很平静，但大家听得很震撼。

看着眼前这个亭亭玉立的少女，她开朗、自信、爱笑、富有爱心，我的心情也久久不能平静。

十一年前，我第一次见到她时，她也很漂亮，只是脸上没有一丝笑容。一双漂亮的大眼睛，流露出的却是敏感、自卑、恐惧。甚至连话都不敢说，只懂得点头和摇头。

我一直以为她比较害羞，后来才知道她是害怕被嘲笑。

那一年，她十二岁。

第一次离开县城到市里的重点初中读书，小小的她既害怕又渴望。因为吐字不清楚，班上同学不断问她："你是不是外星人啊？""啊！你说的什么啊，都听不懂。"

她当时听到这些调侃会感到难过，但从来没想过自己为什么会出现这样的情况。

初中知识量剧增，她的成绩一滑千丈，考试几次是倒数第一。父母怀疑她变笨了，带她在当地医院检查后，才发现原来是听力有问题。那一刻，她真的好害怕，不想去接受这个事实，也很害怕父母因此对她失望，她对周围的一切也开始变得很敏感。

有的医生提出，她需要戴助听器。但是她不想戴。她的家人，特别是她爸爸，也不想让她戴。

"因为我是女娃娃，爸爸怕别人看到我戴助听器欺负我，嘲笑我。当时有个医生说，吃药可以治好，我在医院治疗了一个月。天天输液、吃药，血管都压扁了，护士只好从大拇指上扎针，针头在血管里滚来滚去，疼得我好想哭。但听力完全没有好转。"她说。

后来，父母就带她来我们医院检查。

我记得，当时给她做完听力测试后，发现她的听力障碍不是很严重，双耳中度神经性听力下降可以配小一点的隐形耳内机。长发遮住，就不容易被人发现。但是她的父亲很固执，不愿意让她戴。

我跟他说，小学勉强不戴，在家里辅导还可以跟得上学习，到了初中，听力正常的孩子都觉得功课量很大，何况她听力下降了，学习会更吃力。总而言之助听器对她非常重要。

涓子的父母也是渴望学习、渴望知识的人，不希望孩子因为听力缺陷而耽误学习，最终接受了助听器。

涓子分享说："第一次戴上助听器，我特别紧张、害怕。才知道，以前听到的声音还可以那么大，楼道里人来人往发出的声音竟可以听得那么清楚。但我没有多少喜悦，只想哭，却一直忍着不让眼泪掉下来。"

后来，她戴上助听器进学校。老师不断给她搞特殊，引起了同学的不满和抱怨，流言四起。当时她读初中，大家都不懂事，特别是一些调皮的男生，看到她戴助听器，就会大声起哄："涓子是个聋子！"那个时候她就很伤心。

刚开始她也不知道该怎么面对这些，总是一个人傻傻地笑着。

她也曾无数次羡慕电影里厉害的主角，渴望自己能像他们那样勇敢、坚定、身怀绝技，成为自己人生影片的主角。但下一秒，她又被无情的嘲弄打败。

"初中三年我过得很辛苦很累,也很绝望,一直把自己关在笼子里,蜷缩着,不敢出来。"她说。

高中是一个转折点,她的性格变化很大。

高一的期中考试,她突然拿到了好的名次,比第一次月考进步了近1000名。开家长会时,学校重点表扬了她。父母也很开心,那是她耳朵生病以后第一次见到父母的笑容。

从那时起,她感觉关住自己的笼子慢慢打开了。

她对自己说:"我一定要成为勇敢的人!"

勇敢使人坚强,努力让人成长。再遇到嘲笑时,她会主动告诉他们:"就算我戴了助听器又怎样?至少我能跟你们正常交流。"

她也试着勇敢地与身边的同学交朋友,跟他们分享自己戴助听器的经过,发现他们根本不会因为你戴了助听器就不喜欢你,他们真正在意的是你的性格、品质。

她心里暗暗发誓:"我不能只是伤心,我自己一定要变好。"

后来她顺利考上了大学,成为团支书、班长、部长、标兵,还入了党。曾一个人跑到国外去做义工。毕业时,获到了优秀毕业生称号。这些都是大家对她的认可。

但是大学毕业进入社会后,脱去了成绩的光环,她的听力问题再次成为别人关注的焦点。

她一次次满怀希望地参加面试,又一次次遭到拒绝、打击、歧视,甚至是谩骂,但她始终没有放弃。应聘了一百多家单位后,她最终得到了心仪的工作,被一家外资会计事务所录取。

"天哪,面试了一百多家公司?真的吗?怎么那么多?"听到涓子的分享,在座的学生患者及其家属发出了阵阵惊呼声。

看得出来，涓子的分享让他们看到了希望，他们由衷地高兴，同时也感到难以置信。

我问她，能否跟大家分享自己的求职经历。她欣然答应。

我问她："你真的面试了一百多家公司吗？"

她说："我大三开始实习，从实习算起，肯定有一百多家。"

"为什么那么多呢？"

"我原来在上海读书时，就开始试着去了解就业信息。毕业回到重庆后，希望更多地了解重庆市场，看看自己适合什么样的职业。所以参加了一百多家面试，发现适合我们的工作确实不多。"

的确，听障人士就业有难度是个很现实的问题。我经常跟我的学生患者和家人建议，高考报志愿或者找工作要避开我们的不足，尽量不要找与听力和语言紧密相关的工作。

涓子之所以面试那么多公司，也是为了找到自己真正喜欢又适合自己的工作。只有这样的工作，才能真正地实现个人价值。

我问她："你面试的时候，会告诉公司自己耳朵有问题吗？"

她说："第一次面试，我没敢告诉公司我的缺陷，同事也不知道，因此工作中闹了很多误会。有的同事议论我不好相处，不爱讲话，有的同事觉得我工作不负责、不用心。甚至有个领导因为我没听清，直接当着很多同事的面爆粗口，'你耳朵是不是有毛病啊？简直是个笨蛋！'"

"你耳朵是不是有毛病啊？"这句话平时不少人爱说。对于正常人来说，的确没什么。但对于听障患者来说，他们的耳朵本来就不好，内心也敏感，你再拿耳朵说事儿他肯定会很难过。

涓子是个内心敏感的小姑娘，后来她担心自己工作做不好，就主动离职了。不久之后，她重新找了一份工作。

她开始鼓起很大的勇气告诉同事："我听力不好，戴了助听器。"甚至每次面试，她都会提前跟面试官说明自己的问题。

但情况并没有好转，她还是遇到了很多问题。

有的面试笔试她都拿到了最高分，却不得不因为听力问题而放弃。

有的面试官直接现场嘲笑她发音不准。

有的公司通知她第二天去上班，却在上班前一晚临时通知她不用来了。

有一次笔试时，她写了自己听力有问题，面试官看到她的答卷跟她聊了不到两分钟就把她淘汰掉……

甚至有一个星期，她没接到过一个好消息，全是因为面试被淘汰的。

她给我们举了一个很极端的例子。

有一次面试时，面试官当面骂了她四十多分钟："你说话怎么像个大舌头，你还是个本科生呢，还在上海待过四年，普通话说得这么糟糕？我们公司怎么招你……"

当面试官知道她参加了研究生考试后，又噼里啪啦地骂："我跟你讲，知识改变不了命运，学历改变不了命运，你考上研究生也没用！"甚至在她离开的时候，面试官把她的简历直接摔在了地上。

我听得目瞪口呆，没想到一个公司的领导竟然这么无知、狭隘——所谓大舌头并不是真正的大舌头，是因为听不清楚，所以才说得不清楚。由于听力问题，涓子个别音节发音稍差，与播音员比肯定有差距，但其实她的发音已经相当不错了，就连在座的嘉宾们都说，涓子的普通话说得很标准。

我问她："你当时什么反应？"

她说："我什么也没说，拾起地上的简历，一声不吭地走了。"

"哭了吗？"

"我当时没有哭，一直忍着。但是冲到电梯里，我再也忍不住了，狠狠地大哭起来。回到家后，我把自己关在屋里又哭了一整天，边哭边想，我真的有那么糟糕吗？我甚至跟好朋友抱怨了很久：'为什么我耳朵有问题？为什么命运待我如此不公？为什么这个社会还有这样的老板？'但是第二天，我又继续寻找工作。"

涓子面带微笑地讲述自己这段求职经历，就像——在说别人的故事。

听她说完，我沉默了，不知该说什么好。

听障人士在工作中遭遇歧视、白眼，也不少见。相信涓子有这个心理准备。只是，他们不该受这样的歧视。

歧视、偏见，是因为人们不了解听力康复，不了解助听器。助听器就是一个工具，像眼镜一样。

"是的。我从来不认为听力障碍就一定残废了，就像眼睛近视也不能算残疾吧？但有一次我参加笔试时，有一道题是：'你的身体有什么残疾吗？'我如实写了'听力有问题'，结果只面试了两三分钟就被淘汰掉了，我前面的人都是面试了二三十分钟才出来。"

"他没有给你机会表达自己、表现自己。"

"对啊。他只给我讲了一个励志故事，安慰我不要自卑，就把我打发走了。但我还是感觉很受伤。"

"有没有遇到一些好的情况？"

"遇到过。他们愿意教我，愿意跟我做朋友，愿意帮我提醒同事，'你们跟涓子说话时声音大一点，有什么事情说清楚一点'。"涓子顿了顿说，"但是这要看运气、缘分。"

"你在斯里兰卡做义工时，他们对你怎么样？"

"我在斯里兰卡遇到的同伴都很友好，丝毫不介意我戴了助听器。不过，他们的英语说得也不标准，还没我好。"涓子骄傲地笑了。

涓子的坚强令人感动，我问她："你真的一次都没有想过放弃？"

"没有。每个人一生都会遇到很多磨难，或者不公平的事，更何况戴了助听器的人呢？但是我们要去思考，为什么他们会歧视我们？是因为助听器吗？不是的，是因为我说话不清楚。"

于是，她决定从自己做起，练好普通话，改变自己在别人心中的样子。

有个老师告诉她，绕口令是学习普通话的捷径。她从手机里下载绕口令，天天读。她还在现场给我们演示了一段："青葡萄，紫葡萄，青葡萄没紫葡萄紫，吃葡萄不吐葡萄皮，不吃葡萄倒吐葡萄皮。"

她的发音很准，一个都没错，读得又快又清晰。

现场几个患者也拿出手机，找到这首绕口令尝试着读起来，但是大多数都读得磕磕绊绊。我的助手也跟着读了一遍，还没涓子读得快、读得准。

涓子笑着说："没关系，熟练了就好了。我每天都读，有空就读，感觉很有意思。"

她还翻出了一个微信公众号说："我每天读一两个小时的英语，天天在这上面打卡，关键是坚持。"

"你现在入职的公司知道你的听力问题吗？"我问她。

"知道。第一次面试时，我就老老实实地跟面试官说，我耳朵有一点问题。他们完全不介意，还是让我参加了面试。"

"面试情况怎么样？"

"跟其他应聘者一样，都是很正常的面试程序。一共五轮，HR和部门经理分别面试两次，老板面试一次。"

"他们问你的耳朵了吗？"

"没有专门问我耳朵的事情，他们问了很多业务相关的问题。比如，有客户刁难你，你该怎么处理，怎么去面对？我都很熟练地答出来了。最终，他们就录取了我。"

"你在工作中打电话频繁吗？戴助听器打电话有什么问题吗？"

"我们平时的工作往来主要以邮件为主,也会打电话。打电话基本上没什么问题,只是在嘈杂环境中听得不是很清楚。"

解决这个问题必须要用到蓝牙助听器了。

蓝牙助听器是现在最先进的数字助听器,它可以连接至不同的蓝牙装置,电脑、电视、手机等。当你打电话时,不用拿起手机,蓝牙助听器就可以将手机的声音无线传输到你戴助听器的耳朵里。

涓子迫不及待地问:"我这款助听器有这个功能吗?"

"不行。因为你这个是最隐形的耳内机CIC,目前没有那么大容量,蓝牙功能没有装进去。以后你可以配一副带蓝牙功能的迷你耳背机。想要美美的,就戴耳内机;想要打电话、开会,可以用蓝牙机。"

涓子的眼睛突然变得很亮:"好期待啊,我一定要配一副蓝牙助听器。"

"你现在已经完全接受助听器了吧?"我笑着说。

涓子终于露出了一个大大的笑容:"完全接受。我非常庆幸自己戴上了助听器,过上了自己想要的生活。现在,助听器已经是我生活的一部分,是我的健康伴侣,我已经离不开它了。如果没有助听器,我想我可能会一直活在自卑中,我的学习成绩不可能变好,更不可能跟那么多优秀的人一起工作、学习。"

特别提醒

困难或许是成长的垫脚石，那么成就是自信的开端。涓子经历了内心的磨难，为自己闯出了一条康庄大道。

听障学生就业有一定受限，如同高度近视对某些专业受限一样。听障学生在就业前选择行业时，要去发现自身的长项，避开短板，对听觉交流要求高的行业可以放弃，比如：播音、接线生、前台服务、讲师等需要频繁利用听觉的工作。

同时，有听障孩子的家长要特别注意去观察发掘孩子的特长，比如有的孩子动手操作能力强，有的孩子空间想象力强等。涓子扬长避短走向社会，进入了一家会计师事务所，有一份不错的工作，其他孩子也可以。

心灵花艺师

33岁

高远说："小时候，我喜欢快速奔跑，用双手护住耳朵，能听见风呼呼地从耳边刮过，还喜欢光脚跑到水田里玩，捉鱼、抓螃蟹、逮蚂蟥。总之我自娱自乐，大人的烦恼好像跟我无关。"

07

高远带着小女朋友来复诊了。

他今年三十三岁,这些年一直在苏州当花艺师,虽然接触的人不少,但是没谈过几个女朋友。

他是先天性失聪,戴着助听器,我接诊他也有十六年了。他为人老实本分,不多话。个子不高,一米六多点,瘦瘦小小的。

这个女朋友,是他大姑牵的红线。

他每年春节回家一趟。去年还没到家,大姑就给他张罗上了。那女孩跟他一个镇子,也姓高。他见过,长得白白净净,很漂亮。笑起来很和善,个子比他高点,看起来比他壮实。

只有一点遗憾:她没读过几年书。

大姑知道他心气儿高,担心他不愿意见面,在电话里多说了两句:"像你这样年纪的人,早都当爹当妈了,有的都俩娃了,你不敢再挑了啊……再说读书少没关系,只要明事理。"

他明白大姑的意思,静静听完大姑的话,不紧不慢地回了句:"姑,只要人家不嫌弃我戴着助听器,可以处处看(相处一段时间)。"

那个春节,老板给了他二十天假期。他除了在家里待着,就是和那女孩相处。

两家离得不远，知根知底。他们都是奔着结婚去的。过完春节，女孩就跟着他去了苏州。今年春节回来，商量结婚大事。

我接诊高远十六年来，无论是他上大学期间还是工作以后，几乎每年春节回家探亲时，他都会顺路过来复查听力。以前都是一个人来，现在带着女朋友，我很替他高兴。

女孩儿看起来哪儿都好，总是笑眯眯的，就是难得开口说上一句话。

刚见面时，我问她："你多大了？""上学了吗？""你们认识多久了？"每个问题问完，我都耐心等上一会儿，但她就是不吭气儿。要么盯着我笑，要么看着高远笑，要么盯着自己放在桌子上的两只手笑。

她的眼睛倒是挺大，亮晶晶的，笑起来时，仿佛会说话。看着她的眼睛，有好几回我都以为她马上要开口了，结果她还是一个字都不说。只盯着你笑，不发出一点声响。

高远一直在旁边帮衬着、催促着、鼓励着："大胆点儿""不要怕""看着黄阿姨眼睛说""快说嘛……"她才勉强开了口，回答了几个字："20岁""没上过大学"。之后就没话了……

高远本来话就不多，他女朋友比他更不爱说。

出于职业习惯，我刚开始还担心，她是不是也听不见？但后来发现完全不是听力问题。我故意做了个小测试，轻声问她："你喜欢高远吗？"

她立即回："喜欢。"

我又问她："你介意高远戴着眼镜，戴着助听器吗？"

她甜甜地笑着望望高远，马上摇摇头。

我这才放下心来。看来她听力没有问题，她是真的不爱说话，也是真的喜欢高远。我转向高远，问："她一直都是这样不爱说？"

"嗯。她总是不那么放得开。"

从高远的讲述和她的只言片语里，我了解到，她在认识高远之前，一直在家里跟着爸妈干农活，插秧、割麦子……一般农活儿都会干，也很勤快。但她不爱读书，上了几年小学就读不下去了。没出过远门，没到过大城市。跟高远去苏州，是她第一次离开家。

高远很细心，把她照顾得很好。而她，就是高远的"耳朵"。当高远没听清或没听见时，她会帮他再重复一遍。

她看上去很清纯，有种不染世俗的天真。看得出，她是打心眼里喜欢高远、敬佩高远。

那天他们复查完离开后，我的助手意味深长地说了句："她能嫁给高远，是她的福气。"

高远是读过书的，还上了重点大学，学的是园林专业。你别看他耳朵不好使，相貌平平，但是很有想法，有志气。读书很用功，工作肯吃苦，而且善良、懂事、讲礼貌，见过的人都夸他："知书达礼。"

除了耳朵不太好，高远也是哪哪儿都好。戴上助听器，他跟正常人一样，面对面交流完全不成问题，普通话说得也很标准。只是他说话总是慢声细语的，就像他瘦弱的身体一样一直都是细细弱弱的，有时候个别发音不太容易听懂。但是，比他当初刚来时，好太多了。

2003年，他第一次来我的门诊时，已经十七岁，上高二，但是说话一点儿也不清楚，他说的话我们一句也听不懂。我当时想，戴着助听器，语言能力怎么还那么差？怎么拖到现在才来医院呢？

一问才知道，他们那次能来，也完全是一个偶然。如果不是因为那件事，他们可能根本不会想到来医院。因为他们从来没听说过助听器还需要验配。

当时，他幺娘，就是他三叔的媳妇儿，在我院住院做肝胆手术，他父亲、二叔来医院探望。他从来没去过大城市，也跟着来了。管床护士看见他的助听器不好用，就说了句："我们医院耳鼻喉科有专门的助听器门诊，你们可以带孩子去看看。"

他们就这样呼呼啦啦地一大家子齐齐地来了。

幸好来了！

他们一开口，我就听出来了，是老乡。中国人都有着强烈的家乡情结，虽然那时我离开家乡生活已经二十多年，但是看到他们还是感到亲切。在后来的十几年里，我对高远也格外关照。

当时他给我留下很深刻的印象，他也跟现在一样，瘦瘦小小的，但是没现在胆大。怯生生地躲在几个大人身后，像个刚出笼的小动物，满眼慌张，充满警惕。他戴了一只助听器，尽管效果不怎么好，但他还在坚持戴。我问他，你什么时候开始听不见？还有印象吗？他好像没听懂，一脸茫然地看着身旁的父亲。

他父亲一字一顿地大声重复了一遍，他才小声嘟哝了好几句。

可是我一句都没听懂。

他父亲和叔叔连忙帮他翻译："因为听力不好，很多记忆都是模糊的，我对听不见声音也没什么概念。只记得母亲扯着嗓子大声说话我才能听见，有时候我需要母亲重复很多遍才能听见别人说的内容。"

之后在他父亲和叔叔的帮忙下，我又问了他几个简单的问题。

"你上幼儿园了吗？"

"幼儿园记不到了。"

"小学呢？"

"小学是妈妈送我去的，开始校长不收我。"

"后来怎么又去了呢？"

他沉默了一会儿，犹犹豫豫地说："我妈妈求了校长。"

听高远幺叔（三叔）说，他八岁才上小学。上这个小学，费了老大的劲儿。高远六七岁时，看到身边孩子都去上学，非常羡慕，自己也非常想上学。可是他父母往学校跑了两三趟,都没报上名,校长不肯收,因为孩子听力损失太严重,没法听课。

他父亲是个老实本分的农民。心想,既然校长不收,那就不上吧。听不见,上学也没用,还不如在家务农。最重要的是怕他上学被人欺负、嘲笑。

高远不听,到了八岁还是想上学。他妈妈拗不过,又去求了校长,再三跟校长保证:"绝对不让高远在学校调皮捣乱。"差点给校长下跪。

校长这才同意。

要上学了,高远可兴奋了。他完全没注意到爸爸妈妈脸上的愁容。

就像他曾经发给我的一段文字:"尽管听不见,我的童年时光却是无忧无虑的。小时候,我喜欢快速奔跑,用手护住耳朵,能听见风呼呼地从耳边刮过,还喜欢光脚跑水田里玩,捉鱼、抓螃蟹、逮蚂蟥。总之我自娱自乐,大人的烦恼好像跟我无关。"

只是这段快乐的时光很短暂,在他进入小学后戛然而止。

上小学前,高远没戴过助听器。上小学后,在老师的建议和要求下,他妈妈托人从广州买回来一只助听器。这只助听器把他带进了嘈杂世界,让他听见了声音,也给他增添了许多烦恼。

刚戴上助听器时,高远特别高兴。

他说:"父母一直在外打工,从广东带回来一只助听器,我当时戴上后非常开心,心里想,哇,我终于能听见声音了,房子上的雨声、院子里的鸟鸣声、田野里的蛙鸣虫叫声,还有烦人的知了声。但是渐渐地,我发现越来越被外界嘈杂的声音所困扰。下课后的吵闹声,街上赶集的车辆声让我的耳朵快要爆炸,一度让我希望的曙光一点点暗淡下去。后来只要一下课,我就把助听器拿下来,以致有人喊我,我都没有回应。"

那是一款模拟机,只会简单机械地模拟放大所有声音。它和数字助听器最大的区别就是,没有智能降噪功能,所以在嘈杂的环境中,要么是声音太小听不见,要么是声音太大受不了。但是现在的数字式助听器已经大大提升了信噪比,能降低环境的噪声,而绝大多数人对助听器的认识仍停留在过去的传统层面。很多人还不懂如何提升噪声环境下的言语识别能力,以为所有的助听器都是这样听不清。

高远的父母也这样想,他们以为儿子听不见,说话不清楚,也没办法听懂,只能如此。

其实不然。

合适的助听器有助于听力康复,不合适的助听器会给听力康复带来一系列的麻烦、困扰与痛苦,甚至影响到听障患者的心理健康。

对于高远来说,那些愁苦充斥了他整个青春期。那是不同于正常孩子"无中生有"的愁苦,而是实实在在的。但他几乎从不跟旁人说,全都深深埋在心底。

后来他写了一段文字给我:"进入小学后,一切开始变得越来越不一样了。我受到了很多欺凌和异样眼光,被很多同学当面或背面叫着不好听的字眼。我不敢反抗,只能装作听不懂同学们的嘲笑。"

我问他,那些同学怎么欺负你?

他的眼泪哗一下就出来了:"他们打我,拉着我的耳朵问,这是啥?还把我的助听器抢走玩。我不让他们玩,他们就打我,欺负我。"

"他们还打你啊?"我有点惊讶。

"嗯,打我手掌。因为我把助听器抓在手心,他们抢不走,就拉住我的手,扳开我的手指头打我。有时,打我脸……"

"你有没有跟老师说?"

"我跟历史老师反映这个情况,老师在课堂上说了这个事儿,后来就好一点。"高远轻声回我,"我妈妈也找了班主任,因为同学们老是在路上抢我的助听器,后来老师就让我放学后把助听器交给他保管,第二天上学后再给我戴上。"

"你没想过打回去？"

他没说话。我突然想到，他是那么渴望上学，他能上这个小学是他妈妈求来的，所以他才不敢打架、惹事，总是忍气吞声吧，他的求学之路好艰难，真难为他了。这个敏感懂事的孩子啊，小小年纪，早熟得让人心疼。

他是那样热爱读书。同学们的欺凌没有阻止他对学习的热爱，他将全部心思都扑在学习上。老师特地将他安排在第一排，有时特意提高音量讲课，他仍然听不清。但这也不影响他认真学习。他通过观察老师的口型，来判断说话的内容。上课时，他还常常将两只手做成喇叭状放在耳后，收集从讲台上传来的老师的声音。

他就这样戴着模拟助听器，几乎是靠自学和老师的课后指导，渐渐地，从每天留校改作业的差生，变成了追上大部分同学的中上等生，最终顺利考进了县城唯一一所省属重点高中。

高中和初中不一样，科目多、功课紧、进度快。那只戴了十年的模拟机也老化了，几乎不顶用了。他感觉："越来越跟不上老师的进度，学习一度变得陌生起来，总是提不起学习的信心，有时我恨不得耳朵马上能好起来，不让母亲、老师们失望。"

但是家人从没想过给他换助听器，以为他的听力又严重了。

直到高二，他幺娘手术，他才有机会来到大医院，接受专业的助听器验配。可能因为经济条件限制，他父亲当时问我："能不能只配一只？"

我给高远测试完听力后，直率地给出建议："最好戴两只，双耳可以听得更清楚。"他的父亲最终采纳我的建议，配了两只。

那只模拟机，终于功成身退，被他收藏在一个小小的白色塑料圆筒盒子里，成了独一无二的收藏品。

对于高远来说，那只助听器，非常珍贵，它陪伴了他整个青春，也装满了他青春期所有的快乐、烦恼与无奈。有时候他来复查，还会问我："黄阿姨，这只助听器还能修好吗？"

他说："我想应该还是要感谢那只模拟助听器的帮助，除了给我带来了学习上的支持外，也使我的听力没有严重下降。"

十六年中，他的助听器更新换代了两次，每一只淘汰下来的助听器，都被他擦得干干净净，收进了那只塑料盒子里，随身携带。有时候，现在新的助听器突然出现故障时，那些藏品还能拿出来应急。

我做听力康复工作二十年了，还没见过这么有情有义、有爱有心、懂得感恩的孩子。他对物尚且如此，何况对人呢？

或许是因为在成长路上经历了太多的坎坷与不公，所以更加珍惜和感激每一份关心和帮助。

他大学毕业了，在上海一家花艺单位上班，有一年春节他来复查时，特地从一千多公里外地方带了一束鲜花送给我，淡淡的小蓝色花蕾，是他亲自插的。我心里高兴，面上又不想他破费，问他："怎么想起送花给我呀？"

他说："黄阿姨，感谢你这么多年的照顾。这束花很适合你，这是我亲手插的，希望你看到花能开心。"

我想，遇到这样的孩子，谁都会帮一把吧。

他是我的小老乡，从初次见面后就一直叫我阿姨，现在都三十好几了还是叫我"黄阿姨"，从不叫我"医生、教授"。我也不把他当患者，而是像孩子一样关照。每次他来，不管多忙，我都会腾出时间亲自为他检查。虽然见面时间不长，也就半个小时左右。但我除了专业建议外，也会关心一下他的生活和工作。

他家庭经济条件不好。从高中到大学毕业前，每次助听器电池没电了，他都会打电话给我："黄阿姨，我的助听器没电了，你能不能给我寄几块电池?"我一连寄了好几年。直到他大学毕业,自己能挣钱了,没再找我寄过电池。

我了解到他小时候在学校经常被同学欺负时,建议他要积极融入学校生活,与同学多交流。朋友多了,胆子壮,就没人敢欺负了。他很乖,都听进去了。上大学后还参加学校运动会,跟同学一起打篮球,还真的交上了几个好朋友。

有一次我回老家时,去他家回访,送给他一个收录机,让他把老师课堂上讲的内容录下来,课后再重复听几遍。

高考选专业,他不知道怎么办,打电话问我的意见。我建议他尽量选择一些不需要太多语言交流的专业。最终他报考了一所农业大学的园林园艺生活专业。那是他最喜欢的专业。他说,毕业后,他先去了上海,现在到了苏州,成为一名花艺师。

那家店除了卖花,也卖书、卖茶。高远主要负责花艺业务,包括插花、卖花、送花,谈业务,设计花艺,帮企业布置会场等。现在他女朋友也在店里帮忙。

高远说,店老板是个五十多岁的阿姨,姓宋。宋阿姨原来是学校的赞助人,经常到学校去,他一进学校就认识宋阿姨了。有时候学生会组织一些活动、会展,宋阿姨也会去。次数多了,宋阿姨也注意到一个戴助听器的男生,细心、耐心、沉得住气,在花艺上很有天分,对他就多了一些关注。

宋阿姨看重他人品好,又能干,后来开新店需要招聘一个靠得住的人管店,高远就去了。从毕业到现在,十年的时间,他一直跟着宋阿姨做花艺,还参加过一次在上海的国际插花比赛,获得了第三名。

他很喜欢,也很珍惜这份工作。每天听着音乐,做着自己最爱的花艺工作,对他来说是一件无比幸福的事儿。他也能够大胆地和顾客聊天,问问他们喜欢什么颜色的花，送给哪位家人、朋友。

遇到一些蛮不讲理的顾客，或者一些人对他说不好听的字眼，他也不怕了，敢去据理力争。"以前不敢，现在敢了，他怼我，我就怼回去。"他说。

最后我问他："你现在戴着助听器工作，有没有遇到什么问题？"

"是有一个问题，就是学开车。"

"学开车？"

"嗯。上大学时，我想学开车，政策没放开，不让学。到苏州不久后，我又申请学开车。但是工作太忙，一直没时间去。后来一个教练说，可以报名。我报上了，双耳三米交叉听力测试也通过了，还录了指纹、交了学费，可是驾校不让学，说是苏州的新政策。"

"自动挡能考吗？"

"自动挡我不想学。第二次，我的老板联系了苏州残联会的负责人，我们专门跑了一趟。人家就是说只能学自动挡，而且要等。等跟我一样听力有问题又想学车的人多了，再统一报名、统一考试。我不想去，就没报名。后来我又托人问，无锡、张家港、常州，跟苏州都是一样的政策，不允许听障人士学手动挡，全部自动挡，还有专门供残疾人学习的那种考试。"

"2018年，我们老板找了个花店同行，在浙江的一个小县城里，想办法帮我把名报上了。当年十月份去缴费，十二月考科目一，2019年过完年考科目三，2020年考科目四。"

不过，国家规定听障人士学自动挡也是有道理的，由于听力问题，听的反应不够敏捷，自动挡能快速处理行驶中的险情。电影《疯狂动物城》里的"闪电"也是因为反应慢闯了红灯。

听障人士学车要多看前后左右的镜子，变道拐弯先慢下来看清楚了再行驶。我在心里叹息了一声，问他："你怎么那么想学驾驶？"

"多一个技能也是好的啊，而且工作中也需要开车，我们要经常给客户送花。"

我的助手在旁边问道："你不怕开车吗？"

高远没说话，我插了一句："他不会怕开车，他从小到大经历那么多困难，他都战胜了。自己一个人出来上大学、工作，他都不怕，怎么会怕开车？"

就像高远在朋友圈里写的："仅仅是听力不好，又有什么呢？听不明白，多问一下，多重复几次就好了，顾客也都能理解。千万不要害怕，不要因为听力不好就把自己封闭起来，不要放弃很多可能性，大胆追梦，美好总会向你走来。"

他真的长大了。尽管说话还是那么慢声细语，但语气中多了份勇敢、坚定、自信。

特别提醒

校园暴力也发生在上下学途中，专家认为，教孩子如何积极参加社交活动而非仅仅做一个旁观者，是解决校园暴力的有效途径之一。

尽管经历了那么多欺凌，但高远仍心存感恩，感恩老师感恩父母感恩身边帮助过他的所有人，向往美好，努力生活。

在十六年前，数字式助听器还不成熟，模拟式助听器起到了听见的主要功用，对残余听力的声刺激起到了一定的"用进废退"的作用。目前，OTC助听器（非处方式助听器）的面世，若能在一定的专业指导下使用，也会在一定层面上发挥应有的作用。当然，个性化验配仍然是患者希望获得的高品质服务。

如今，数字式助听器经个性化调试验配后已接近真耳的效果，已经告别模拟助听器只简单地把言语声和环境声同等1∶1放大，而是将言语声和环境声区分后，分别按比例提升，也就是专业上讲的"信噪比"。让其听得见，听得清，听得舒服。

活泼开朗的美少女去哪儿了？

36岁

柳苏说:"我现在越来越不喜欢到外面去,不愿意见陌生人,不愿意认识新朋友,方言是一方面,搞不懂他们说啥子。还有一个是在嘈杂的环境中听不见。"

08

  我接诊柳苏十九年，一直认为她是个很乐观的女生。不久前她来复查，却当着我的面说："黄医生，乐观好累哦。"

  惊着我了。

  我们七年没见。她刚上大学，那时数字式助听器才面世不久，她就来我这里配了一对数字式助听器，刚开始每年她都会按时来复查，后来结婚生娃后就没再来过。印象里，她能歌善舞，多才多艺，当过学生会宣传部长，经常参加比赛，拿了不少奖。

  那时的她，是父母眼里的骄傲，同学心中的好榜样。父母戏说她没心没肺，爱说爱笑，还庆幸她没有因为耳朵不好变得敏感、自卑。

  这才几年，我心目中的阳光少女都要抑郁了？可怕哦。

  我请她用文字分享听力康复的过程，她竟一口回绝："不要，我不敢写，我怕我写了就抑郁了。"

  那天，我们交谈了一个多小时。她脸上虽然仍挂着笑，但话里话外透露出一种消极与厌烦。也许连她自己都没意识到，那是她对生活、工作状态的不满与倦怠。

  我问她："你耳朵最近感觉怎么样？"

她说:"最近几个月左耳朵总感觉发痒,像有东西堵在里面。助听器前段时间也出了点小问题,耳屎堵着,听不见了。开始我自己还没察觉是怎么回事,家人发现我听得不好了帮我检查助听器,后来清理后,又听得好了。"

按说久病成医,她戴助听器这么多年应该知道,耵聍堵住传声孔,声音肯定传不进去,怎么能听见呢?就像戴着口罩怎么吃饭?但是她好像连这些基本的护理常识都忘记了,可见她这几年有多不关心自己的耳朵。

我半开玩笑问她:"你有了娃之后,连我也不来看了,对自己耳朵也不关心了,是不是?"

她说:"没得法嘛,我屋头老人忙嘛,都是我一个人在带(娃),烦得不得了,啥子都是妈,累嘛。"

我又问她:"你现在戴着助听器跟人交流有什么问题没?"

她说:"我现在越来越不喜欢到外面去,不愿意见陌生人,不愿意认识新朋友,方言听不懂是一方面,搞不懂他们在说啥子。还有一个是在嘈杂的环境中听不清楚。"

她七年没来复查,我原以为她的助听器一直听得很顺畅,所以不用来找我了,没想到竟是这样。

我有些恨铁不成钢地说:"既然听不清楚,你啷个不想办法呀?啷个不来咨询我,你都不知道这七年助听器发展有多快,在嘈杂的环境下也可以听得清楚了。"

"懒得,懒得出来。"

"哦,懒得出来,那我也不可能把你从家里拽出来,遇得到哦。"

遇到这样的病人有时候真想骂两句,把她骂醒才好。但我是医生,不能骂人,最多说话语气重些。一周后,我再次回访她才知道,她不是懒得出来,而是害怕出来。害怕别人知道她耳朵不好,害怕别人见到她戴助听器。

害怕到什么程度呢？她是这么说的。

少女时的她很喜欢戴耳环，但是现在不敢戴了。因为她觉得戴耳环太显眼了，会把别人的目光引到她的耳朵上来。以前她还喜欢扎高高的马尾，把姣好的面部和耳朵都露出来，后来也不扎了，因为助听器很容易被发现。"好烦啊！"她忍不住发了一句牢骚。

她还问我："有没有更迷你的助听器？"

其实她戴的助听器已经是一款隐形深耳道机，除了一块薄薄的面板在耳道口隐约可见外，机身其他部分全在耳道内，一米内专注从侧面看才能发现。但是她说："观察力很强的人，就像我，还是能看得到。"

我问她："看到怎么了？"

她说："看到了别人就要问，要说。"

"当有人问到，你一般怎么跟人说呢？"

"不晓得助听器的，我就说这是GPS。有些人晓得，我就说听力不太好。没办法，有些人没素质，说起话来十分不好听。"

"说啥子？"

"有些隔壁班那些没教过的学生家长，说到我时，就说那个戴助听器的老师你们晓得不？有的人还当面指着我说：'哎哎哎，说的就是你呀，那个戴助听器的老师。'好烦啊！感觉像是被人揭了短，犯了错一样。"

她一边说一边模仿那些家长斜着眼睛，伸出手指在身侧指指点点，那神情，那动作，还有那"哎哎哎"的口气，把一个人的刻薄表现得淋漓尽致，看上去很滑稽，把我们诊室里的人全逗笑了。

但就是这么爱说笑的一个人，内心里却藏着不为人知的敏感、怯弱和自卑。

起初我有点想不通。她从小听力就不好，刚上大学就配了助听器，现在戴助听器已经十九年。这么长的时间，我以为她早就对自己的听力和助听器有较准确的认识了。

在不停地思考分析后,我释然了。从父母身边到有丈夫孩子,从单纯的学生时代到复杂的职场,环境在变,她也变了。

她那么爱说爱笑,给人的感觉总是很阳光,她怎么会抑郁呢?

我一直以为自己挺了解她。她却说:"黄医生,你不够了解我们耳朵不好的人的内心哦。"

"你以前难道不是很乐观吗?"

"乐观好累哦。原来我没那么恼火,你原来看到的也绝对是真实的我。因为那个时候,我是我父母的宝贝。你自己生活,出去工作了,就不一样了。很多事情都要自己去面对,以前也敏感,但是没现在这么敏感。"

"你想过是什么原因让你变得敏感吗?"

"很多的,上班没成就感,在娃的养育上,很多麻烦,很多困难。工作上、生活上都找不到自信,人就变得很敏感。"

"你觉得工作上没成就感?"

"感觉年龄很尴尬,老了啊。以前上大学时,经常拿奖,就会有很多成就感。"

"你跟领导关系怎么样?"

"我们领导很奇葩,很没素质,总是发火,总是骂我。我感觉他把我整个人都摧毁了。"

"他晓得你耳朵不好吗?"

"晓得。他经常大声吼我,'不晓得你的耳朵在干啥子'。有时候不想干了,想换一份工作,但又害怕找不到合适的。上班太远了,娃还要上学。老公不理解我,老妈也不是很支持。事情很多,感觉自己很脆弱。我妈以前老说我没心没肺,感觉还是原来那种没心没肺的好。"

"那就继续没心没肺啊。"

"不行啊。再没心没肺我老公都嫌弃我了，他都看不起我，我都没心思了。"

"他凭啥子嫌弃你？结婚的时候他就知道你耳朵不好啊。"

"凭啥子嫌弃？他有时候会忍不住不耐烦，而且他没那么细心。"

我心想，她连自己的助听器被耵聍堵了也不管，耳朵发痒感觉像堵了棉花都好几个月了，也不来医院检查，这样的听力能不影响工作，影响夫妻间的交流吗？

她老公是项目经理，工作非常忙，平时七八点回家算早的，十点以后到家是常事儿。她自己也很忙，周一到周五全天都有课，有时周末两天也排满了课。早上夫妻俩轮流送娃上学，下午老人帮着把孩子接回家，照顾孩子吃喝。其他的，老人也就管不了了。

她本来就是搞教育的，又是个完美主义者，做事认真，要求又高，不放心把娃甩给别人。白天要上班没办法带娃，晚上陪娃写作业，照顾孩子洗漱、睡觉，都是她的事儿。她一下班就马不停蹄往家里赶，一直忙到孩子睡觉。

她说，娃小嘛，是照顾娃生活，娃大了，还得照顾学习，一辈子都要被拴住。什么时候是个头儿？

"这样下去，你还有自我吗？"

"白天娃到学校的时候有点自我，其他没得了，就连半夜也是。"

"你跟老公的交流有没有问题？"

"交流很少，我跟老公时间是错开的，现在变成各耍各的了。偶尔有交流的时候，也要看我的语气。语气好了，人家愿意跟我多说两句，不好了，就少说两句。不像以前了，感觉他开始嫌弃我了。"

"夫妻之间的冷暴力很可怕，你们还是要多交流。"

"我知道，前几天我还跟他说，他说不知道啥是冷暴力。"

柳苏没有意识到，夫妻之间交流少，跟她自己也有关系。生娃后，她几乎把全部精力都投注在孩子身上，没有时间精力分配给老公，更没有时间用来提升自己。有时候她老公难得有空在家，她也不愿撒手把孩子甩给老公，更不可能跟老公聊聊天。

我问她："你想过没有，你们之间是真的没时间交流，还是没话说？"

她愣了一下，说："其实我反省过，是我的问题。我现在越来越不喜欢说话了，在家也不想戴助听器，跟家人说话都是嘶吼吼的。楼下邻居听到，都说又在吵架了吗？可能他因此也不想说了吧，感觉他有点不耐烦，有点嫌弃我了。"

就一会儿工夫，她说了好几次感觉老公嫌弃她了。同为过来人，我能理解她。

我在她这个年龄的时候，老公工作也非常忙，为了支持他的事业，我在家庭和孩子上就投入得更多一些。后来发现，有时候跟老公摆龙门阵，偶尔争辩两句时，他就来一句："你懂啥？"

我那个时候跟她一样，也是感觉老公嫌弃自己了。总感觉自己那么辛苦，老公还不理解，很委屈。后来我分析了很久才发现，不怪别人嫌弃，要怪自己没进步。

我想，孩子我要照顾好，我自己也要进步。这样才行。

我开始隔三差五地出个差，出去开两三天会，积极地参与各种活动、论坛，见识到一些非常优秀的人，眼界开阔了，回来教育孩子感觉也不一样了。

原来孩子八岁之前，我从来不愿出差开会，因为孩子小，不放心。事实证明，孩子偶尔跟着爸爸，不过是吃得粗糙一点，头发像鸡窝一样乱点，但是安全没问题，健康没问题。最重要是，孩子也需要父亲的陪伴，男人也能体会到带孩子的不容易，对女人也能多一点理解；女人可以利用时间提升自我。

女人只有先做好自己，才能做好妻子、母亲。如果连自我都没有了，又谈何做好一个妻子、一个母亲呢？

所以，我二十年前开始专注助听器验配，把做好听力康复事业作为自己的目标。

现在出去跟朋友聚会，有时候别人问到我老公有关听力的问题。他就说，"这个你要问我老婆，她是这方面的专家。"这个时候，他还会想你的头发白了，你的耳朵不太好吗？

我女儿也说："妈妈，你是我的榜样。"她现在博士毕业，留校当老师。

柳苏跟我最初的这些感受有点相似，她只是多了一个问题。但她没有意识到这些感受的根源是在于她自己的听力问题，反而过多地归咎于外部环境。

由此她开始抱怨父母不支持她，带小孩太累，没有自我；抱怨老公不理解她，嫌弃她；抱怨工作环境不好，领导不好，想换工作；她甚至抱怨陌生人的不友好，素质不高。

所以她变得越来越敏感，越来越封闭，对一切都丧失了信心，逐渐连交流的欲望都没了。

她在学校教美术，学生年龄大概在四岁到十二岁之间，平时上课都是她先讲，学生照着画，交流很少。跟学生家长也很少交流。"没得时间。平时上课，一节接一节，有事儿的话，微信、电话都可以说，没得必要见面交流。"她说。

这种工作环境相对单纯，她跟同事除了正常的工作沟通，其他交流也很少。

更别提在家里了，一方面确实夫妻都很忙，没时间，另一方面她在家也不愿戴助听器，别人说话她常听不见听不清，时间长了，次数多了，别人肯定本能地也会觉得跟她说话很累，很烦心，自然就不愿交流了。

她说:"平时儿子跟我说话,只要我没听见,他就会大声喊,听到没?你戴起没?戴起没?然后习惯性往我耳朵上看。"

"所以这是你的问题啊。你反思过没有?"

"我知道。我反思了很久,但是改变不了。"

像柳苏这样的患者也不少,或许是人性的弱点,问题都是别人的不对。好多听障病人到我这里来,不是抱怨别人说话声音太大、对自己态度不好,就是抱怨别人说话声音太小,故意不想让自己听见。

我经常对他们说的是:不要总去抱怨别人让你听不见、听不清。让自己听得见、听得清,是你的责任,不是别人。你不能把原本属于自己的责任推卸给别人,还怪罪别人伤害了你,让别人去承担交流困难的后果。

我们更不能因为害怕受伤害,就选择逃避、远离那些可能伤害自己的环境,不去参加社会活动,甚至连家庭聚会也不去。这样只会让自己的状态变得更消极、更糟糕。

因为人是社会性动物,必须要有社会性交流,不可能总是宅在家里。越宅,越敏感。外面稍有风吹草动,我们可能就会想:"别人是不是又在说我的耳朵?"久而久之,人的心理和行为都会受到影响。

另外,从医学角度来看,多数患者的听力损失会在不知不觉中逐渐加重。如果长期缺乏交流,听觉神经、语言功能都会逐渐退化,而戴上助听器可以减缓听功能退化的速度。

所以,我们建议每一位听障患者配了助听器后,一定要坚持戴,融入到主流社会,多与人交流。基本的条件之一就是定期到医院复查听力和维护保养好助听器。

这一点,大多数患者都能做到。柳苏刚开始来得也很勤,那时候年纪小,有父母监管。后来她毕业了,工作了,结婚了,没人管了,复查全凭她自觉,便逐渐来得少了。结婚生孩子后,更是彻底不来了。

这次她能来复查，也是费了很多周折。助手跟她沟通了很多次，她才愿意来，还迟到了半个小时。

我平生最不喜别人迟到。原来出门诊，医院八点钟上班，我们医务人员都是提前到诊室。候诊患者也是一个接一个地等候着，以前她都提前到，现在她确实不是从前的柳苏了。

我问她："你现在这个助听器戴了好久了？"

她说："十年了。"

助听器的正常使用寿命是五至八年，而且需要定期到验配中心做深度清洁护理，就跟汽车行驶了一定公里数也需要做清洁保养才能保证安全行驶一样。柳苏的助听器七年没做深度保养了。听不清正常，听得清才奇怪了。

她说在嘈杂环境下听不见，一方面是她的听力的确有所下降，那天我给她做了检查，她左耳咽鼓管发炎肿胀加重了听力问题，与她描述的左耳发痒像被棉花堵住了的现象符合；另一方面，是因为助听器老化以及十年前的这款助听器降噪程度局限，不能达到良好的降噪效果，所以愈发听不清楚了。毕竟这是十年前的产品了。

这十年来，科技日新月异，数字助听器的技术也是突飞猛进。十年前，助听器的降噪功能远没有现在好，而现在最先进的助听器还带有蓝牙功能，噪声环境下收听声音、打电话都没问题。

柳苏听损时间长达二十多年，也算是个"老患者"了，竟然对这些技术一无所知。可见她有多封闭。

我跟她讲，我们本院有好几个患者。戴上新助听器走出门诊室后，过一会儿又返回来。我问他啥子事？他们说，我回来是为了特别告诉你，这个助听器完全不怕吵，听起很舒服。

我院有一个老年患者喜欢钓鱼。他喜欢安静，原来在嘈杂环境下都不戴助听器，只在安静环境下戴。但是换了新的带有降噪功能的助听器后。他就说，哎呀，这个助听器戴起来好舒服。现在他天天戴。

"那个降噪技术真的有那么好吗？有没有试听的？"她有些不相信地说。

"有啊，你就在外面戴一小时试试就知道效果。"

她仍然半信半疑。

有人说，不自信的人也很难相信别人。跟柳苏谈得越多，越能感觉到她的敏感与自卑。这些情绪让她时刻把自己包裹起来，与外界隔绝。

心理咨询中，通常咨询师会教患者直面痛苦，抽丝剥茧，从源头解决问题。但是跟柳苏交谈，总感觉她在回避，一问到关键问题，要么欲言又止，要么点到为止，好像不愿深谈下去。

或许她还没有做好倾诉的准备，也或许她已经放弃自己了。

我本来想，她自己都放弃了，我也不管她了。但是我又想，我不管她，谁管她？她从小到我这里来，我还是想帮帮她。

后来我在去成都出差的高铁上，在微信上与她聊了另一个大学生的故事。

她们俩还是校友，年纪相仿，家庭也相仿，都有一个七八岁的儿子。不同的是，她的校友听力更严重些，柳苏的听力刚接近中重度。她们的心态也不同。校友看上去哭哭啼啼很抑郁，但一直很积极很主动地在想办法康复听力，现在变得阳光、独立、招人喜爱；柳苏表面看起来爱说爱笑阳光活泼，内心却很脆弱无助厌世。

火车快到站时，我正准备告诉柳苏，只要她自己不放弃，一切都会变得美好起来。

但是她抢先给我回了一句："昨天又被领导骂了，我都快抑郁了。"

我告诉她工作中出现问题都是正常现象，领导严格要求，对你的成长也有益处。所以有则改之无则加勉，不要因此影响了心情。我们要做的就是开开心心上班，轻轻松松下班。

后来我又劝了她一会儿，火车到站了，就没再聊下去。

我以为她会把自己包裹得更严，可能不会再找我了，没想到第二天晚上她又联系了我，问我睡了没？我看到消息时，已经是凌晨十二点多，就回复她，明天上午电话聊吧。

结果第二天早上她一直没联系我，中午吃饭时，我抽空给她打了个电话，她接到电话说："正在陪孩子吃饭，改时间吧。"

后来，我一直等她联系我，但她一直没有。

我想，她需要的只是时间。她能给我打电话，其一是还对我有信任，其二也应该算是做出改变了，不能太着急。

我想，建议她去做做心理咨询，或许比我引导更专业，我想，我要督促她把咽鼓管炎症控制好不再复发，并坚持佩戴助听器，这是基本条件。

柳苏，你一定会好起来的。

特别提醒

一个活泼开朗的美少女去哪儿了？环境变了，她也在变，时间长了，可知识没更新。可怕的是她却努力把自己包裹起来伪装成一个听力正常看似快乐的人。

人是社会的人，人是不能脱离社会环境而独立存在的。自我封闭逃避现实最终会被社会排斥。为什么不能破茧成为飒然、飘舞的蝶？阳光是美好的，但重要的一步是你要走出来，相信阳光总会照在我们身上。

作为个体来说，首先要尽量适应环境，当我们与环境格格不入时，应积极学习自我优化，发挥自己的长项融入群体。

自己的短板要尽量弥补，柳苏却大大地忽略了自己的听力健康，助听器故障自己也不在意，甚至在家干脆不佩戴等等造成短板的问题，阻碍了自己长项的发挥。

一次旅行引发的灾难

36岁

朝阳向后舒服地靠在椅背上,说:"我想,做了耳蜗能听得见鸟鸣,听得见春天的声音,就舒服了。"

09

朝阳戴了十八年助听器，一直戴得好好的。半年前，她去了一趟云南，听力突然下降到极端。治疗无效后，准备手术植入人工耳蜗。

她是个很洒脱的人，心态很好。都要做耳蜗了，还是大大咧咧的，很阳光，没有因为听不见躲在家里不出门。那天我去成都开会，也跟她约了下午茶。

我叮嘱她："你听不见，注意安全。"那时她听力已所剩无几，正在为植入人工耳蜗做前期准备。

她回了一句："听不见，看得到撒。"一副满不在乎的样子。

我问她："你老公陪你不？"

她回得更干脆："不用，他忙得很，我都是自己一个人在外头跑。"

下午两点，她到茶馆的时候，我们几个朋友聊得差不多了，正在茶馆中央的一张桌子前坐着喝茶。眼睛有点近视的助手先看到她，说："黄老师，你看，那个是不是朝阳？"

我抬头一看，笑开了。高高大大，戴着时髦的墨镜、梳着马尾，有一点点胖，穿着鲜艳的橘色上衣，搭配黑色修身裤，脚踩白色运动鞋，青春、可爱，可不就是朝阳嘛。

她坐下第一句话是："我认识黄教授十八年了。"

第二句是："黄教授，现在突发性耳聋那么多，为啥子呀？"

她自己加了一个病友群，里面有二百多位病友，都是突发性耳聋。

突发性耳聋，一般指七十二小时内突然发生的听神经受损、缺氧、缺血导致的听力损失。致病原因多达一百多种，但目前尚不能完全确定其病因。目前被广泛认可的主要有病毒感染学说、自身免疫学说，以及膜迷路破裂学说等。高原缺氧是常见血循环障碍。

朝阳的突发性耳聋，可能是去云南高原时缺氧引起的。

去年十月，她跟家人一起到云南自驾旅游。第二天早上，她像往常一样戴上助听器，但是感觉听见的声音比平时小了很多。她给我发微信："黄教授，是不是助听器坏了？"

我说："你回来测下听力看看，到底是听力下降了还是助听器的故障？"

大概第七天，她才从云南回来。到我院检查听力后，确定是突发性耳聋，助听器没问题。当时临床医生就让她住院输液、做高压氧。

她问医生："我做这些治疗后，听力还降不降？"

医生说："我不敢给你保证。"

那时她的听力还没有下降到极重度，她想既然常规治疗不一定有效，不如先回成都观察几天。但是，她回到成都吃了两天药后，听力问题又加重了。她这才慌了神。赶紧在成都找了家医院，治疗了一个多星期，输激素，打耳朵针、屁股针，做高压氧，都是很常规的治疗方法，但是不管用了。医生对她说，耽误了最佳治疗期，恢复可能性不大。

"黄教授，如果我早点到医院来治疗，结果会不会好点？"她问我。

突发性耳聋的特点是发病急、进展快。一般认为治疗效果取决于治疗时间，如果治疗得当、及时，部分人的听力可以渐渐恢复。超过七天就诊者，效果欠佳，听力很难恢复到原有水平。

以前我也曾接诊过一个病人，她也是去了高原旅游，回来听力就下降了。之前我们在给她配助听器时，特别交代了这件事，她一直也戴得好好的。结果听得见声音后，她一高兴，就忘记了，还带队去西藏玩。

我询问她你最近做了些什么。她说了很多，都跟听力下降无关。后来我又问她，你感觉听力下降的时候是在什么地方，她才说："在西藏纳木错。"

我一听就知道，很可能是高原缺氧引起听力受损。我说，你怎么不听话啊？我给你讲过的。她说，哎呀，我搞忘了。

这简直是拿自己的健康开玩笑啊！

还有一个本院的干部，急性中耳炎，耳镜下都可以看到明显的液平面了，还准备乘坐飞机外出开会。幸亏被我们严肃阻止了，因为在中耳负压的情况下，高空高压会导致鼓膜穿孔致使听力受损。所以有听力问题的人，我们通常都建议他们尽量不要去高原。

耳蜗很小，是长度仅约30毫米的管腔，管腔盘旋成二又四分之三圈，形状像一个小蜗牛，耳蜗和眼睛一样都是人体的精密器官，缺血缺氧、血液循环受阻等都会造成耳蜗因细胞供血不足而受损。

"我就是缺氧，到昆明的时候就有点晕，想睡觉。自驾回来后一个星期，还是觉得晕。"朝阳说。

"正常人高原缺氧也会突然耳聋吗？"旁边一个朋友问。

"也有可能啊。"我说。

"人工耳蜗为什么做得那么大呢？助听器都可以做得那么小。你看我这只，这么小，戴着多漂亮。我最喜欢红色，还专门选了爆红的耳背机外壳。"

在座的朋友都哈哈哈地笑着说，"你很乐观啊。"

朝阳神色一暗，说："我以前不乐观，也是慢慢调整过来的。"

她最难熬的一段日子是孩子出生后，当时她得了产后抑郁。"先是后半夜睡不着，后来发展到前半夜睡不着。算下来，差不多整整四个月没怎么睡整觉。"

"产后抑郁和耳朵有关系吗？"朋友问她。

"没有关系，不是因为耳朵。当时我老公在外地读研究生，婆子妈来帮我带孩子。我是全母乳，四个月基本没出门。后来，甲状腺激素水平降低，再加上与婆子妈关系不融洽，各种因素加在一起，导致我后来抑郁。但是我自己感觉不出来，是被拖去医院的。"

"被人拖去的？"

"是啊。我妈一直喊我去医院，我不想去。后来被我妈拖到医院输液、吃药，效果很好。上午还在哭，感觉天都是灰的，下午就跟我妈说，走，逛街去。"

"所以，遇到这种情况尽早去医院，不要不好意思。"我说。

有些疾病看似是心理问题，实际是生理和心理都出现了问题。朝阳四个月睡不好觉，家人包括她自己，刚开始可能都认为产妇睡不好很正常。另一方面可能因为她听力障碍，所以非常紧张孩子的听力，心理压力过大。再加上个性好强，老公不在身边，她找不到倾诉的出口，最终导致精神崩溃。

其实，那个时候她的甲状腺激素水平可能已经降低了。甲减患者的确可能会出现抑郁症状，甲减本身的症状又会加重抑郁。这个时候，如果能够及时用药，治疗甲减，症状会很快缓解。但她和家人都不知道自己的激素水平降低，所以耽误了几个月。

幸运的是，她现在已经慢慢调整过来，一方面是因为坚持服药，另一方面是她有一个心态积极的父亲，教她把负面情绪转化为正面情绪。

她说："我爸爸心态超级好，从不去跟人对比，天天带着我妈锻炼身体，养生。每天晚上9点准时睡觉，早上5点多就醒了。"

"你爸爸很爱你,既关心你,又不娇惯你。"我说。朝阳的父亲参加过1979年的自卫反击战,经历过生死考验。

"但是我的性格还是受了我妈影响。因为她身体不好,虽然很坚强地熬过来了,但她总是很焦虑,啥子都往坏处想。如果我小时候跟着我爸爸的话,性格就比现在好多了。"

"你现在也很棒,遭遇了打击,但是很快就调整过来。"

"我现在学会转换想法。当环境改变不了的时候,我就改变自己。比如我买了一只很贵的铁锅,不能用钢丝球洗,可是我公公婆婆偏偏喜欢用钢丝球。开始我觉得很不舒服,后来我突然想通了一个问题,那个铁锅只是一个物件而已,刷烂了、洗烂了有啥子?我何必因为一个物件儿把我婆子妈惹得不高兴,把我公公惹得不高兴呢。"

"太棒了!"我忍不住赞道。

"说实话,我婆子妈和公公他们帮我带孩子也很累,而且他们也有很多长处啊,他们爱我老公,他们的儿子,也喜欢孙子。老年人有时就是好面子,你让着她。她说话不好听,你转个身,去其他地方,消化了就好了。我跟老公相处还不是一样,他是个急脾气,工作压力也非常大。如果我跟他顶着干,两个人都不会好过,总要有人先服个软,让一下。"

接着她又说自己的老公很善良,很有爱心。他们是高中同学,她老公有时候会说:"你要是高中就开始佩戴助听器就好了。"

朝阳属于药物性听力损失。她刚出生时,是个可爱的、健康的小胖妞。长到八岁,母亲送她去学拉小提琴。老师发现她总是拉不准对音,建议母亲带她去医院查了耳朵才发现有问题。

跟其他父母一样,开始朝阳的父母也是带着她四处寻医问药,但是没有任何起色。当时她的低频听力接近正常范围,近距离交流没问题,所以父母也没急着给她配助听器。

她凭借着聪明的脑袋、自身的努力和简单的唇语，考上了大学。高考结束的那个假期，父母意识到女儿要离开家乡了，担心她听力不好没办法照顾好自己，就带她来我院配了助听器。

第一次是我接诊的。当时她的听损已经有点严重了，左耳中重度，右耳重度。当时左耳配了一只耳内机，右耳配了一只耳背机。从那之后，升级新的机型，调试、保养助听器都是到我这儿，我们一直保持着联系。

前不久，她分享了一篇自己的心路历程——《听声心喜》。开头是这么写的："为什么说听声心喜呢？因为我能听见那么多声音，跟大家正常交流我觉得内心充满喜悦，特别感谢西南医院助听器验配室的黄青平教授，是她给我送来了声音之福，在我和世界之间建立了沟通的桥梁。"

写此文时，她已经出现了突发性耳聋。很难得，遭遇这样的打击，她依然能看到"欢喜"的一面，而不是一味说悲伤、痛苦。她全文提到最多的，也都是"高兴""开心""喜欢""还不错""万幸""感谢"这样的字眼。

她写："我很幸运当时的听力可以验配深耳道式CIC助听器（隐形助听器），总还算是美观，圆了我小女生爱美的小心情。"

她又写："佩戴助听器后变化很大，父母不用那么大声与我说话，跟朋友交流无障碍。到成都上大学后我可以用'听'课解决很多问题，而不是看口型，真是万幸啊。"

她说："我一直特别习惯黄教授的调机，有一次在成都读书时，机子受潮干燥后声音还是不好，我就近到外面专卖店调机，但是调了之后怎么都不顺听。后来我专程赶火车回到西南医院找黄教授调机，我说声音听起来像什么，怎么样不舒服，黄医生马上就知道问题出在哪里。一会儿就帮我调好了……"

她还给听障患者提了一些宝贵建议："我很高兴获得了人生第一副助听器。双耳佩戴的好处是声音立体，建议大家不要放弃双耳佩戴机会，给坏耳朵配上小机器，也是保护残余听力。"

对于消极情绪，她也只用"小伤心""小忧伤"这样的词儿调侃。她说："我也没想过，我还年轻，听力受损已经这么严重了，内心还是有点小伤心。"

她又说："当时从云南回来，我的血压吓得都升高了，确实有点小担忧。不过人工耳蜗能解决就好啦。"

她的态度透露出一种很酷、很洒脱的感觉。

看来她的内心真的已经很强大了。

她现在的听力虽然已经下降到极重度，借助助听器也只能听见极少几个频率的微弱声音了。需要植入人工耳蜗才能解决听力问题，但她丝毫不在意，也没有太多悲观想法。

她很喜欢说话。那天下午，她仍然双耳戴着助听器，借助微弱的声音通过观察口型和我们愉快地聊了两个多小时。

她说："我很喜欢交流，不可能因为听不见就把自己关到屋里头，那样更恼火。我现在没有听力了，也经常跟朋友发微信聊天，在家里跟老公发微信、看口型，或者用语音软件辅助交流。"

她说话声音很大，真挚里带着点俏皮，幽默中带着点哲理。那时她自己也知道，她连自己的声音都快听不见了。

当时偌大一个茶馆，除了我们四个人，就是茶馆里几个服务员。她一开口，那几个闲着没事儿干的服务员总是频频往这边看。但她完全不在意。

前文中的涓子说过一句话："当你不在意了，别人也就不在意了。当你在意，所有人都会在意。"

她总是习惯将头发束在脑后。耳边那一抹艳红，像一只时尚的蓝牙耳机，还是比较吸引人。但那有什么呢？她喜欢。

后来，我总是忆起那一抹明艳艳的红色在绿意盎然、生机勃勃的春天里闪动。

她向后舒服地靠在椅背上，说："我想，做了人工耳蜗能听得见鸟叫，听得见春天的声音，就舒服了。"

"能听见，一定能听见。"

"是的，一定能听见。"

两个月后，我微信回访她，她回道：人工耳蜗植入很成功，谢谢黄医生的建议，让我走出了模糊的声音世界。

特别提醒

药物性耳聋：指的是使用某些药物治病或人体接触某些化学制剂所引起的耳聋。多年来，由于大量化学药物和抗菌素的广泛应用，已发现近百种耳毒性药物。在我国，由于尚未制定禁止和限制使用耳毒性药物的法律法规，许多耳毒性药物使用得十分普遍和随意，有些甚至达到了滥用的程度。目前，药物致聋已成为我国聋儿的主要发病原因。应引起全社会的高度重视。

以链霉素庆大霉素为主的耳毒性药物主要损害听神经，导致永久性耳聋。有耳聋家族遗传的为易感人群，建议禁用耳毒性药物。

突发性耳聋：又称特发性耳聋，指在72小时（三天）内突然出现的、原因不明的听力下降。

及早积极的综合治疗有助于听力的恢复，错过最佳治疗时期遗留的听力问题需要靠助听器或人工耳蜗来助听。

人工耳蜗：一种电子装置，由体外言语处理器将声音转换为一定编码形式的电信号，通过植入体内的电极系统替代损坏的耳蜗直接兴奋听神经来重建聋人的听觉功能。现在全世界已把人工耳蜗作为重度聋至全聋的常规康复方式。

对于儿童，我国政府每年会出资为7岁以下儿童免费安装人工耳蜗，符合条件的家庭需要到当地残联申请享受植入政策。

爱笑的校长

43岁

李志鹏说:"我经常鼓励自己,那么多人身残志坚,我这一点点问题算什么啊,还是可以解决的。"

10

李志鹏总是一副笑容可掬的样子。

他第一次独自来我的门诊,从进门到离开,一个小时左右,脸上都挂着笑。哪怕说到因为听力下降,前妻跟他离婚,同事对他风言风语,学生在背后议论,他脸上都没有流露出一丝黯淡。

跟别的患者不一样。

一般来我们诊室的病人,都是带着愁容、病容,他却笑嘻嘻的。铮亮的脑门上斜着几根头发,光溜溜的脸颊上戴着一副细边眼镜,整个人显得很有光彩。一看就是个知识分子。

别的病人说病史,都是医生问一句,病人答一句。他说起病史来,滔滔不绝,似乎打了腹稿,医生想知道的,他大都说到了。

后来我才知道他是个小学副校长,四十三岁。

他的听力障碍是由中耳炎引起的,中耳炎病史长达四十年。

他说:"小时候经常到小河、水库里洗澡,有时候呛水了,脏水进入鼻子,引起鼻子发炎,类似于感冒症状。因为家庭经济条件不太好,也没重视,没得到治疗。刚开始不严重,后来鼻炎反复发作,又引起耳朵发炎。耳朵几乎每年要发炎好几次。"

但是中耳炎一直未引起他的重视，却不知慢性炎症就像温水煮青蛙。小时候耳朵发炎只会让他有一点点不舒服，时间久了，慢慢地身体似乎习惯了这种不舒服。后来耳朵里有水流出来，但耳朵能听见，他也没管。疾病就这样在不知不觉中继续侵蚀着他的身体，导致越来越严重的后果。又过了十几年，情况开始恶化，他说耳膜穿孔了，耳朵经常流脓，导致听力逐渐下降。

直到他从师范大学毕业后，当了老师，也有了收入，自己才第一次到县医院就医。那时他发现自己的听力已经明显减退了。

这给他的工作和生活带来了很大影响，前妻跟他离婚了，升职也不指望了。有人建议他戴助听器，但他还不想戴。

他心里对恢复听力抱着一些希望，他听说手术可以治疗中耳炎，就想试试。"或许手术后，听力也就恢复了？"

他的治疗过程不平坦，挺曲折，是许多此类患者中的一个。

第一次，他先做了鼻子手术。当地医生说，要想治好中耳炎，必须先清除病灶——鼻子的炎症。

他在县医院的亲戚找了一个熟人。熟人说："我们县医院现在做不了这个手术。这样吧，我们把市里的××副教授请到我们医院来给你做（鼻窦炎手术）。"

志鹏并不知道，他是当时那个县医院的第一个鼻窦炎手术病人。在他之前，县医院还没开展过鼻窦炎手术。

"我吃了个哑巴亏。做手术的时候，给我打了局部麻醉。麻醉时间到了，手术还没做完，起码四个小时才完。没办法，我只能坚持。那感觉就像开凿石头，很疼很疼，很难受。但是我在手术台上很能忍，因为我再也不想被鼻炎中耳炎折磨了。"

"当时那个手术做得还不错，鼻炎好了。"他用两只手在脸上比画了一下,"但是过了没多久,我的鼻子歪了,整个脸肿了起来,肿得像个熊猫。还是失败了。"

第二次,亲戚又推荐他到了市里的大医院,找了一位四十岁左右的中年教授。"那个教授把我推到一个小手术室,一会儿工夫就做好了。手术很成功,我的鼻子不歪了,也不流脓了。"

后来我才知道这个手术是鼻窦内窥镜做的,当时鼻窦内窥镜刚在我国部分三甲医院开展起来,没有手术切口,又叫微创手术。

李志鹏说鼻子从此后没再流脓了,但耳朵还是流脓。有时侧躺着睡觉,脓水会从耳朵里流到枕头上。他又到了另一家大医院咨询中耳炎手术。一位医生直言不讳:"不主张手术,手术能治好你的中耳炎症,但是对听力损伤了就不可逆转了。"

他不甘心,又挂号咨询了另一个医生。医生建议:"先用药物尝试控制,如果没效,再考虑手术。"

两位医生都不建议贸然做手术,他只能听进去。

吃了几个月的药,中耳还是发炎,还是有黄水流出来。他又去找医生,想做手术。手术前,医生给他讲解了手术的利弊,医生也希望能帮他保留好听力,但手术都有风险,其中可能就是导致术后耳朵听力损失加重。医生建议他先做一侧耳朵,万一因为手术导致听力下降,还有另一侧耳朵保留了听力。

"第三次,教授亲自做的中耳手术,给我补好鼓膜,现在鼓膜恢复得很好。教授说其他做同类手术的患者,术后有的出现过耳鸣,但是我没有。中耳的炎症终于得到控制,手术后的这个耳朵没有再流脓,效果很不错。但是,术后复查听力下降了,一个月后听力下降更明显。到医院再次复查,医生宣告内耳神经受损了,听力受损不可逆转。于是推荐我到西南医院听力中心配个助听器。"他说。

"但是你没来。"

"我当时想，医院的助听器价格肯定贵，外面的专卖店卖得要便宜些。那时，一来我吃药手术已经花费不少钱，二来我以为配助听器像配眼镜一样简单，哪里都一样。"

这是很多人对验配助听器的误解。

助听器，不能简单地买卖。助听器本身质量很重要，但助听器的验配调试技术更重要，调得不好会再次影响听力。助听效果除了与助听器本身品质有关外，还与听力师提供的专业技术和服务质量成正比。

我遇到过很多这样的案例。他们在其他地方买的助听器，质量也很好，价格也不菲，算是国际一线品牌。但是因为验配技术不专业，助听器调试不到位，助听效果就很受限，病人戴着助听器没有获得助听提升，有的反而感到声音难受，到最后只能选择放弃戴助听器。经过漫长的探求才找到我这里来。

有时我想，人为什么总要走很多弯路，碰很多壁，吃很多亏之后，才能找到真正能帮助他们的人呢？

就像李志鹏。刚开始他不相信医生的推荐，并没有到我的诊室，而是在外面门店配了一只助听器，原价近一万元，折后近六千元。打折力度那么大，他还以为自己捡到了一个大便宜，当时就订了一只。

"我当时试戴了下，感觉听得到了。他们喊我配双耳，我说不能戴双耳，万一配了不好怎么办？"他说，"幸亏只配了一只。回去后，我感觉戴的时间稍微长一点，声音刺得耳朵很痛，脑袋也痛，嗡嗡作响。整个人状态很糟糕，心情很烦躁、焦虑。"

"那只助听器你戴了多久？"我问他。

"起码断断续续戴了半年。"

我奇怪："你是教师，一定会有听众，一定要有互动，听力对你很重要。这段时间不戴助听器怎么去上课？学生提问听得见吗？怎么跟同事交流？"

听见

他回："原来我教数学,做了手术后,学生提问,我老是听不清楚,就没办法上课了。"

那半年是他最痛苦的时期,听力减退了三分之二,生活、工作一团糟。

我问他,怎么个糟糕法?

他说："跟同事交流工作的时候,别人说了半天,我把耳朵竖起听,就是不知道别人在说什么,我没法插话,就会很着急、烦躁、难受。感觉自己很没用,我以前也是一个很能干的人,现在却连话都不敢说了。"

他还说了这么几件事儿。

他是学校副校长,主管教学工作。有时候跟校长交流工作,校长布置完了,对他说："你去安排吧。"他没法安排,因为校长交代的事情很多他都没听见。

还有的时候,参加一些活动、会议,有的同事会好心提醒大家："我们这个副校长耳朵做了手术,听不清楚,你说话声音大一些。"

"难堪啊。"他说,但仍然带着笑。

他本来是教学能手,又是副校长,经常上台讲课、讲话。听力受损加重后,就没办法上台讲,只能把方案做好后,让别人去讲。

"本来这个机会是你的,却不得已只能让其他老师代讲,你就失去了展示的舞台,心里很失落。"他说。

"有没有人提出来,你不适合当校长了？"我问他。

他犹豫了一下："没有人当面提出来,但还是能够感受得到。你想啊,大家原本在一起都是能够谈笑风生的,手术后听力受损加重,人家说话,你总听不见,当然会影响工作。有人可能就会想,长期下去你不能配合工作,合作起来也不愉快,或者已经不能胜任这个工作。时间长了,就会考虑换掉你,或者让你隐退。"

"你跟前妻离婚,也是那段时间？"

"哎，是的呀。她是小学老师，教书不错，为人也热情，就是受不了我的耳朵。"

"离婚是因为耳朵？"

"不全是，但耳朵是原因之一。我听不见，她总说我是装的（假装）。再加上其他因素，我们便离婚了。我为此非常郁闷苦恼。"他停了一下，继续说："那种感觉就像被全世界抛弃了一样，很无力，很无助，整个人都蒙了。"

"这种状态持续了多久？"

"半年。"他说，"就是戴那只不好的助听器那段时间。"

"后来呢？"

"我想，这样下去肯定不是办法，无奈之中，只能抱着试一试的心态来了西南医院听力中心。"他说。

我笑了："试一试……"

"是的，来之前我也没抱多大希望。没想到我运气好，黄教授坐诊。我比较崇尚专家，能当专家肯定是有水平的。"他也笑着说。

的确，他来的时候，虽然整个人都是笑嘻嘻的，但实际上对我们还没有建立信任，是抱着"病急乱投医"的心态来的。不过，他态度转变很快。我当时给他做完听力测试，告诉他不要着急，像他这样的听力问题我们完全有能力解决，并给他调试了助听器。

他说："戴起来很舒服，声音也很清晰，跟第一副助听器完全不一样。"当时他就要订一副。

有些病人就是这样，很冲动。这种时候，我们有责任提醒他："不一定现在就定下，建议你回去与家人商量后再决定选配哪一款也不晚。"

他很果断："不用考虑，我信你。"

十天后，他取到了定制的助听器。刚开始他答应得很好，一定会坚持佩戴。但是不久后回访时，我们发现，他并没有完全按我们制定的方案坚持佩戴。他有时不戴，有时只戴左耳。

我问他："为什么不坚持戴呢？"

他说："我是学校副校长，经常组织活动和上台讲话，感觉戴助听器很脏人，有损自己形象。"脏人，就是很丢人的意思。

这种心理，是大多数患者必经的心路历程。

我记得以前接诊过一位县委组织部长、一位中学校长，还有一位学校的心理辅导老师，刚开始他们都很害怕被人指指点点，但后来都能勇敢佩戴助听器了。

那位心理辅导老师是一位扎根山区的乡村教师，参加工作几年之后，感觉听力下降，并且日益严重，平时与同事和学生的日常交流比较困难，整个人心灰意冷，工作态度消极，彷徨迷惘，他甚至每天都在不停担心：自己还能不能在钟爱的教育事业上走下去？

2009年夏天，他也是抱着怀疑的态度，走进了我的诊室，配了人生中的第一副助听器。那之后，工作热情和干劲回来了，教学工作不但取得佳绩，还拾回了以前的音乐梦，参加琴箫兴趣小组，与师生共享天籁。

那副助听器，他戴了十年。十年的时间，他通过努力从乡村初中调到了县城高中，参加各种社会志愿活动，累计帮扶了两百多位贫困学子完成学业，帮助他们改变了人生轨迹，实现了人生理想。而他本人也被评为道德模范、文明市民。

我把这些案例讲给李志鹏听了，他接受了我的建议，坚持科学佩戴，终于走出阴霾。

2020年3月下旬的一天，我带着助手到他家回访。

他非常热情、周到，两个小时的车程，打了四五个电话，问我们到哪儿了。还安排我们一起爬山、赏花。那天下着小雨，山花开得灿烂，山间云雾缭绕，仿佛人间仙境。

真美啊，好久没爬过山了。整天在城市里看着高楼大厦、车水马龙，见到这样的美景，心里畅快不已。他非常客气："黄教授，以后每年开花的时候，我都打电话请你来爬山啊，不加塞的啊，你们这大教授来，我们高兴都来不及呢，啥时候来都行啊！"

"不加塞是啥意思？"我的助手是外地人，不懂这句方言。

"就是不碍事儿……"他笑着回答。

我问他："上次你是什么时候上山看花的？"

他回："八年前。"

那天爬山，同行的还有他的妻子、女儿、儿子。这是一个重新组合的家庭，女儿独立能干，儿子阳光可爱，看得出来，他们相处得非常和谐幸福。

他的现任妻子是一位妇产科医生，比他小七岁。他眼里的妻子："勤劳贤惠、温柔体贴、善解人意，可能因为是医生，她对我的听力障碍非常理解，支持我大胆佩戴助听器。"

其实他的助听器是耳内机，他不说，一般人看不出来。他与妻子第一次见面吃饭时，她也没发现他戴了助听器。他主动说了，她才知道。

"我跟她说，我有哪些优点缺点。又问她，我耳朵有问题，需要戴助听器，不知道你介意不介意？"李志鹏说，"没想到，她完全不介意。"

妻子的理解和支持，给了他很多温暖和信心。

他不仅回到了最喜爱的课堂，还重新找回了那个"谈笑风生、乐观向上"的自己。在任何场合，参加各种活动、会议都可以应对自如。领导、同事也非常信任他，也没人在背后说闲话了。

他是一个天生的教育工作者，说起中国的教育来口若悬河，别人很难插话。与曾经那种"自卑、害怕、不敢讲话"的状态简直判若两人。

显然，他已经战胜了曾经的心理障碍，不会再觉得戴助听器脏人。

现在的他，整个人看起来很阳光、很自信。他说："我经常鼓励自己，那么多人身残志坚，我这一点点问题算什么啊。还是可以解决的。"

他在QQ空间里写道：

健康是1，金钱、事业、地位都是0。有了1，才有后面的0。以前这句话我理解，但理解没那么深刻。经历了听力康复这段漫长的路，才真正理解。现在对名啊、利啊，都不在乎。以前还有冲动竞争校长，现在没那种冲动。就想踏踏实实做点实事。为学生们的成长做一点自己的努力。我对孩子的要求也没那么多，只希望他们健康快乐。

~~~~~~

特别提醒

急性中耳炎治疗注意两个关键词：及早、彻底。

因为中耳腔是一个深藏在颅骨里的一个腔隙，只通过一个狭长的管道到达鼻腔与外界空气相通，受感染后的中耳腔相对密闭很容易残留细菌病毒，如果治疗不彻底，很容易多次复发后演变成慢性中耳炎。

慢性中耳炎治疗分为药物、置管、手术等。应当注意的是，胆脂瘤型中耳炎必须通过手术切除，慢性中耳炎久治不愈必然会因中耳的炎症侵入内耳导致耳蜗毛细胞受损，合并神经性耳聋。

耳朵是人体最精密的器官之一，手术需要在高倍显微镜下操作，小小耳朵的手术难度很大，因此，一定要掌握好手术指征，尽可能保护好残余听力。

经临床药物手术等治疗后，听力仍不能恢复正常者则需要依靠助听器来提升听力。中耳炎患者佩戴助听器时应注意的是：助听器机壳或耳模上预留通气孔，尽量让耳道与外界空气流通，定期清洁耳道，防止外耳道再次感染。

语音播报

活着

44岁

霍东升说:"和别人比起来,我算幸运的,还看了、听了几十年的世界,见过爸妈长什么样子,听过鸟叫虫鸣……不幸的人那么多,最后还不是要活着。"

11

时隔三年，我再一次见到霍东升，他苍老了很多。

他是双重残疾，失明、失聪。

助手把他从隔音室扶出来，他步子迈得很慢，但每一步都扎得很稳，右手搭在助手的肩上，左手在身前摸索探路，嘴角噙着若有若无的笑意说："我们是黑社会啊！"语气轻松幽默。

我和助手相视一笑。因为失明，他戏称自己是"黑社会"。

他坐在椅子上，我的学生帮他脱鞋套，他连忙弯腰自己脱，唯恐麻烦别人。

我笑着向他打招呼："霍老师，你好呀！"重庆人喜欢用"老师"互称对方，以示尊重。

他立马道："黄医生好。"

我感到惊讶，他看不见我，几年不见却一下子听出了我的声音。

他只嘿嘿笑："黄医生的声音还是没有变，我都记着呢！"

霍东升左耳助听器的耳钩松了，有时还有杂音。他这次来，是想换一个小部件，顺便再调试一下。但很遗憾，他这款助听器太老了，去年已经停产，相应的零件也没有生产了。

调试后去掉了杂音，但是耳钩却换不了，以后耳钩还是会松动。

他笑笑说，"我可以用胶布粘一下。"

我叮嘱他，粘的时候不要把传声孔堵了，那会降低收音效果。

他的助听器有些旧了，但看得出来平日被主人认真养护，除了耳钩有些发黄并没有破旧的痕迹。

我记得，这个助听器还是我给他儿子配的（儿子听力差），后来给他用了。当时他知道儿子的助听器经过我们重新调试之后，还可以转给他用，高兴得连声说"节省了一笔"。

霍东升不是生下来就看不见、听不见的。

他的视力从2008年，他三十九岁那年开始变差，两年后他完全看不到了。"视力开始下降的时候，就像眼里起雾，虽然朦胧还是能看到一些。"他说。

那段时间，他印象最深的是挂在墙上的钟，白底黑字，不管隔得多远他都能看到。后来，视力继续下降，那个钟他完全看不到了。但是，直到现在，他仍旧记得那个钟的样式，仿佛扎根在他脑子里似的。

那感觉他记得很清楚，就像紧攥在手里的细沙，攥得越紧，反而流逝得越快。他原本以为自己可以平静地接受，直到什么都看不到了，他才意识到自己根本就没有做好准备。

他迷茫消沉了很长一段时间，感觉人生已经完了，不知道自己能做什么，也不知道未来在哪里，更不知道自己活着有什么意思。他不止一次想到过死。

"现在呢？还是一点都看不到吗？"

"除了睡觉，只要一睁开眼睛，眼前都是白茫茫一片，什么都没有。偶尔眼前有什么东西晃了一下，可以感觉到一点点影子，但是太快了也不确定。"

他原以为自己完蛋了,转机却突然出现。

2008年,在政府组织的一次盲人按摩培训课上,他认识了一些同伴。在同伴们的鼓励下,他渐渐找到生活的方向。

有个先天失明的病友劝他:"霍老师,要想开些,你至少还看了几十年的世界,知道什么是五颜六色,我呢?生下来就什么都看不见,不知道红色什么样,太阳什么样,就连妈妈长什么样都不知道。"

另一位病友开导他:"你现在看不到,但你心里知道花是什么样子,房子是什么样子……所以别怄气,顺其自然吧!还不是要活着。"

还有的病友给他打气:"眼睛看不到了,可是心看得到,将心比心,一定就可以换来真心。"

听了同伴们的话,霍东升开朗起来:"是啊!和他们比起来,我算幸运的,还看了、听了几十年的世界,见过爸妈长什么样子,见过妻子儿子的模样,听过鸟叫虫鸣……不幸的人那么多,最后还不是要活着。"

这些话犹如黑暗里的一道火光,让他找到了活下去的理由,他感觉自己终于可以撑下去了。

但是另一个巨大的苦难犹如汹涌的狂潮,猝不及防地将他再次打入谷底。同一年,他突然发现自己的耳朵也听不见声音了。

"(苦难)来得太快,我还没有来得及伤心。"霍东升苦笑。

当时他正在学习按摩技术,突然感觉听力下降得厉害,赶紧就去配了第一个助听器。后来觉得效果好,又去配了另一只耳朵的助听器。

"当时没想太多,就想快点戴上助听器,不要耽误学习按摩。"霍东升说。

他戴助听器很规律,除了睡觉他都戴着,直到今天已经淘汰了好几个,他现在左耳戴的是儿子以前用的助听器,右耳戴的是三年前在我这儿新配的。

说起助听器，霍东升有些急切地问他现在的听力怎么样？

我翻看他刚做的听力测试表，说："你的双耳都是重度，右耳更严重一些，到八十分贝了。"

他长叹一声："果然。"

看来他对自己的情况也有数。"我的助听器声音还可以调大吗？"他问。

"我岁数大了听力还会更恼火吗？"

我告诉他，不要太担忧，就算完全听不到了，以后可以做人工耳蜗啊。

我给霍老师讲，人工耳蜗是一种电子装置，先做手术将电极植入耳蜗里，再戴上一个类似助听器的体外言语处理器，声音便可以经处理器转化为电信号，再通过耳蜗里的电极直接兴奋听神经，人也就能听到声音了。

他啧啧称奇，随即又十分丧气地说："那一定很贵吧！我们也做不起。"

"现在国家已经在捐赠人工耳蜗了，那些先天失聪、未满七岁的孩子都可以申请，患者只需承担手术费即可。而且人工耳蜗也在慢慢纳入医保，广州2018年起就可以医保报销了。"

"那我以后还是有机会的。"霍老师嘿嘿一笑，喃喃道。

没等我回答，他又问："黄医生，我听说有一种眼镜式的助听器，我能不能戴呢？"

"你说的眼镜式应该是骨导助听器，和你戴的耳背机不同，它主要通过颅骨传音到耳蜗，适合耳道闭锁、外耳道狭窄、有严重中耳炎等情况的人使用。"

看他听得认真，我借机提醒他一定要注意保护听力："太吵的地方不要去，保证充足睡眠。手机声音也不要开大了。"

他有些讪讪地说："我喜欢听小说，一不留神声音就越听越大，时间也越听越久,春节期间一天可以连着听五六个小时。"

"这样不得行,听小说声音不能太大,听了一阵就要休息一阵。"我说。

霍老妈妈陪同他来医院,她一直安静地坐在旁边听我们聊,这会儿突然开口:"黄医生都叫你少听小说,要保护听力,你要听(话)哟。"

霍老妈妈今年七十多岁,看起来也就六十多岁的样子。在我印象里,每次都是她陪着霍东升,她说话的时候总是眯着眼睛,开始我以为她视力也不好,后来听她说是白内障。

"我妈妈眼睛除了冬天会不自觉流眼泪,视力很好,平时在家还要种菜、施肥。"霍东升说。

"家里其他人的视力听力还好吗?"我问。

"我娘家姊妹六个听力都挺好,只是眼睛和我一样,冬天会流眼泪,有个弟弟因为摔了一跤听力不行了,也戴着助听器。"霍老妈妈说。

霍东升接着说:"我爸爸这边,爷爷今年九十七岁了,能听能看。爸爸虽然已经去世了,但他生前视力听力都很好,我妹妹的听力视力也正常。我们家只有我和果儿视力听力都不好。"

果儿是霍东升唯一的儿子,也是听力视力双重残疾。

霍东升说,他自己失明是因为视神经萎缩,果儿失明是因为先天性青光眼(未见诊断报告),父子均为语后聋,听力随年龄增长进行性下降。我推测,显性遗传可能性大(遗传给后代的风险是50%),其儿子未婚育,我强烈建议他们去做遗传学诊断。在和遗传咨询门诊医生沟通中了解到,他们很大可能是由罕见基因导致综合征性耳聋,因此未来在选择基因检测项目时应考虑检测范围更全面的检测方法,如靶向基因测序、全外显子组基因测序(WES)、全基因组测序(WGS)等。

先天性青光眼,是由于胚胎时期发育障碍引起视神经损害的一种疾病，严重可导致失明，主要治疗手段是手术。果儿也去做了手术，但没能治好，后来眼睛彻底看不见了。

在我的记忆里，果儿是个懂事的孩子。

2007年，我第一次见到果儿，那时他14岁，眼睛还能看得见，听力损失也不是很严重，只是中度。

当时，他爸爸叫他坐在凳子上，他就乖巧地坐着，一点儿不闹，只偷偷地打量四周。

我跟他说，戴上助听器可以让他听清声音，他很高兴。帮他戴上助听器后，他开心的笑容，我至今没忘。

后来他的视力开始变差，他也去学了按摩，还跟着他爸爸工作过一段时间。

那段时间，我的耳边总能听见他的好消息，他很勤奋，按摩技术好，出师后还跟着他爸爸工作，听说做得还不错。

我听到很高兴，觉得这个孩子就像海伦·凯勒，身处黑暗，心向光明，对生活充满期许。

但命运仿佛不肯放过这个孩子，不知道过了多久，他的听力损失变得更严重了，来我这里复查：左耳完全丧失听力，右耳听力重度损失。

从那之后，我再也没见过他。

我们跟霍东升沟通了很多次，希望果儿能来复查，但是他根本不出门了。

听霍东升说，果儿现在的生活几乎无法自理，必须由家人照顾。他的状态极差，脾气很暴躁，整天把自己关在屋里，完全把自己封闭起来了，一叫他出门就发脾气砸东西。

想到这里，我真的很心痛。每次遇到婴幼儿、青少年患者，我都很心痛。他才二十八岁，正是人生最青春最美好的年纪，却遭遇这种巨大的不幸。我不知道自己还能做些什么，只能在心里祈祷他可以像他爸爸一样找到属于自己的"光"。

盲人按摩是霍东升黑暗世界里的一道光。

他说："按摩是我唯一可以走的路，活着就一定要学习一技之长。"

因为按摩，他有了撑下去的勇气。

他是按摩店的老员工，技术好、回头客多，也常常被客人夸奖。

"有时候客人还给我们小费，几十、一百都有。去年年底客人们给的小费加起来就有五六百。"说到这里时他的脸上漾出大大的笑容，"人都是相互的，你给人多少，人会回敬你多少。我给客人认真按摩，客人也会感谢我。"

老板知道他听力不好，对他也很照顾。有时候客人说话声音小，老板还会帮忙传话，"哪哪儿该轻点""哪哪儿该重点"。

他现在最大的困境是，按摩店靠马路边，店里人多嘈杂时，客人说话声音稍微小些，就算戴着助听器也没办法听清楚。

他感觉很影响工作。更换"信噪比"更好的助听器是最重要的途径。

霍东升也意识到这个问题了，唉声叹气："我也想把左耳的助听器换了，唉！可是我家果儿在家里拖着不上班，我一个人挣钱，不敢乱花钱了。"

霍老妈妈也在旁边叹了一口气："唉，全家就靠他（霍东升）一个人挣钱养家。我每月有一千多块钱的养老金，生活够了，也在老家种点地，想着能给儿子家带点蔬菜，好歹可以减轻一些负担。"

我了解他家里的情况。

霍东升的妻子一直没有出去工作。因为丈夫和儿子生活无法自理，她就留在家里照顾他俩。果儿眼睛看不见后，也没有出去工作。现在受到疫情影响，按摩店生意不好，霍东升的工资骤减，家里的负担更重了。

我不知道该说什么，他考虑了一会儿问我："有没有好点的助听器，我先试听一下。"

我挑选了一款经济型的助听器，但是他刚戴上就说："好大的噪声。"

我调试了好几个参数，也示意助手凑在他耳边去听。

没有噪声，一切正常。

我告诉他，现在试听的这个助听器会比他的旧助听器音量大些，是根据他的测听结果调试的最佳效果，他应该是听到了外界的环境声。

于是，我让助手又把他领到隔音室，隔音室很安静，问他还有噪声吗？

"没有了。"他明白了，他听到的是外界环境的声音。

霍东升回到座位上，开始拿出手机，不停地点击屏幕，滑动着手机的语音播报音量，一会儿凑到耳朵边，一会儿放到远处，反复测试自己的听力。

他用的是一款普通的智能机，被一个透明的橡胶手机壳保护起来，可能用了很久，透明的手机壳都有些发黄了。

见他把播报音量调得很低，我问他，声音这么小听得清吗？

他说："可以。"

不一会儿，他兴奋地说："我听到外面的雨声了。"

当时门诊室外下着淅淅沥沥的小雨，雨声并不大。

"以后你会听到更丰富的声音，新的声音会不断刺激大脑，大脑就会越来越灵活。"我说。

仿佛是为了验证自己的发现，霍东升再次拿出手机收听语音播报。

他熟练地操作手机，不断调整语音播报的音量，"无障碍音量设为百分之八十""无障碍音量设为百分之八十五""无障碍音量设为百分之九十""无障碍音量设为百分之一百"……过了一会儿，伴随着手机的语音提示，他又开始不停地变化触摸屏幕的位置，食指不时地滑动切换语音播报。

他似乎在寻找什么。在语音播放出"微信"时，我看到他终于停止了切换，用食指双击屏幕，打开了微信界面，接着又是新一轮的触摸、滑动，收听微信对话框的内容播报、切换页面。在不停地点击、滑动之间，他沉浸在自己的世界里。

我第一次见到盲人手机，也好奇地看着他，静静地等待他的验证。大概十几分钟过去，他仍不厌其烦地仔细测试自己的听力。

"助听器的音量大比较好，还是音量小比较好？"他不停地喃喃自语。

看得出，他很纠结。又过去十几分钟，他还在测试。我打算下一剂猛药，建议他换下新的助听器，戴上他那个旧的助听器。新机与旧机一对比，让他明白，我为什么要把助听器的音量调大。

果然，在霍东升左耳戴上旧助听器的一瞬间，他脱口而出："差得远哟！"

只见他迅速拿出手机收听语音播报，眉头却越皱越紧。

我问他，有区别吗？

他又说了一遍："差得远哟！"

"那你再戴上新的助听器吧！你仔细对比一下。"我笑着说，并示意助手给他的左耳再换上新机。

这次戴上后，霍东升没有再纠结音量问题，反而请我帮他把另一侧右耳的助听器也调试一下。

"我想试试两边助听器都调大音量之后的效果。"他说。

右耳调试完毕，我建议他趁机试试这款新助听器的蓝牙接听电话功能。

"我第一次知道这个功能。"霍东升很惊讶。

"试了收听的效果,你应该会喜欢。"

果然,电话一接通,霍东升的眼睛仿佛亮了一下。

也许,他从来没想过自己可以这样轻松地接听电话吧!电话刚接完,他便说:"哎呀,不管了,果儿也喊我换了。"

"霍老师,不要急着买,你家的情况我也知道,一定要考虑清楚。"我说。

他嘴里不停地念叨:"果儿也喊我换了,果儿也喊我换了。"

几天后,助手回访霍东升,他在电话那头说,希望助手替他向我道谢,助听器的效果很好,现在就算客人声音小他也可以听见了。

助手高兴地同我说:"昨天听霍东升说,一个腰痛的客人经他按摩几次后腰痛缓解很多,很感谢他。霍东升说起时的声音都能感觉到他是笑着的,心情很好的样子。"

"我推进他换新机是为了帮他理清何为重,他现在可以更好地交流,更好地工作,拥有更好的心情了。"我说,"如果有时间真想去看望一下他和果儿。"

特别提醒

遗传性聋分为综合征性耳聋和非综合征性耳聋两大类。综合征性耳聋指除了耳聋以外，还伴随眼、骨、肾、皮肤等其他器官或系统异常，霍东升父子就属于此类；非综合征性耳聋只会出现耳聋的症状，在遗传性聋中占70%。

上帝关了一扇门，一定会为他另开一扇窗。

对于听力障碍人士来说，政府及各方爱心人士将助听器捐赠给贫困家庭，给他们送去了关怀，如果能进一步结合专业服务的支持，捐赠的助听器将发挥更大的价值。

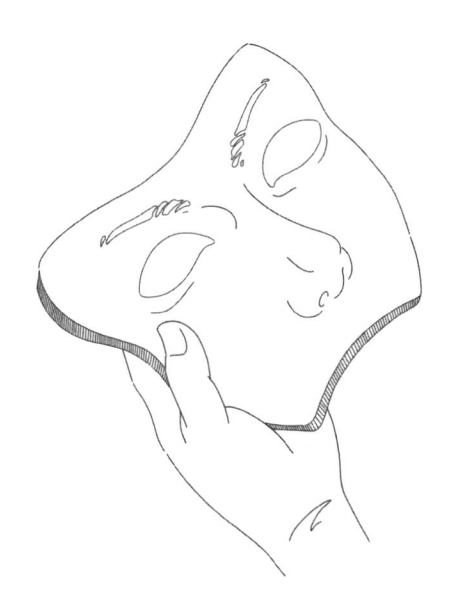

走出抑郁

51岁

何有为说:"身体机能受到伤害不是最可怕的。最可怕的是,对你信心的摧毁。信心被摧毁后,人什么都不想做了。所以信心的重塑特别重要。"

12

助手听说我要去见何有为,也想去。我有点担心,何有为患有抑郁症,有比较严重的社交障碍。多一个人去见他,会不会让他感到痛苦和不自在?

他在微信里回复说已经完全康复了呀!助手说。

他真这么说?

是啊。

我还是有点不敢相信。何有为,是我非常熟悉的一个病例。他跟李志鹏的经历有点类似,都是校长,都是幼时体弱多病,都是慢性中耳炎引起的听力障碍。唯一不同的是,他走过了非常漫长的听力康复之路,这个漫长主要是他自己的心路历程。

在我印象里,他起码有十几年不愿意佩戴助听器。后来他虽然接受了,但是把助听器当作人生的一个污点、耻辱,害怕别人看见。只要有人在身边,他就会感到不安、恐惧、紧张。

我曾问他,你到底有多害怕?

他说:"一看到有老师走进我的办公室,我的手心就开始出汗。"

他还说:"我这个助听器戴起来,大概百分之七八十的人都不会注意到,但我总觉得所有人都在看我的耳朵。"

所以，他不喜欢开会，不喜欢接触人，哪怕是非常亲近的人在身边说话，都让他感到不自在。最严重的时候，他甚至想到了死。

这也都是以前的事儿。后来他到了成都，我有两三年没见他。

他真的康复了吗？

为了让他有个心理准备，我先征求了他的意见："何校长，我明天要去成都开会，想带个助手去看看你，可以吗？"

他很快回复我："好。"

我们在成都一个公园的茶馆里见了面。

他一身黑色中式休闲男装，红光满面，气色很好，看起来很年轻。远远看到我，就大步跨过来，笑着跟我握手。

我说，何校长，你现在这个状态不错啊，像个年轻人，我差点认不出来你了。

"是啊，我现在基本上适应了半退休半工作状态。逛公园、带孙子、打打篮球。"他哈哈哈地笑着，带着我们向公园里面走去。

那天阳光很灿烂，晒到身上很暖。新冠肺炎疫情还没过去，公园里人很少。平时很热闹的茶馆，显得很安静。我们走进茶馆，在靠近公园的一间玻璃包房坐下，木桌木椅古色古香，古筝乐曲若有若无。玻璃外，细叶密集的竹子又高又直，满眼的翠绿。

这地方真好。

他挨着玻璃窗，坐在我对面。他挑选了座位，将左侧耳朝里，右侧耳朝外对着我们。他的左耳还时不时在发炎，今天没戴助听器，右耳戴了一只耳内机。所以，他一般选择把右耳对着人，这样能听得更清楚些。

坐下来后，我特意观察了下，他的状态悠闲、放松，确实不显紧张，也没有因为助手在而感到拘谨与不安。看来我的担心是多余的。

我正想说点什么，他很直爽地聊起了现状。对于过去，也没有避讳。

他今年五十一岁，主动申请从校长位置上退下来了，不讲课，也不怎么开会，是个督学。每月花一周时间到自己管辖的几个学校转一圈，视察工作。他很喜欢这个职位，有点事情做，又没什么压力。

"原来我当校长，压力非常大。压力过大，实际上是一种煎熬。这种煎熬是对身体的一种影响和损害。比如，我去教委开会，在我们那个系统，我资格算是老的，像教委的主任、副主任都是同龄人。但是我去了之后，非常害怕、紧张。"

"是因为耳朵吗？"我问他。

"它是耳朵造成的。但是已经不仅仅是耳朵的问题，是心理上出了问题。后来我一直在坚持、坚持。但是真的对身体有影响。"

"下来之后，身体好些了吗？"

"下来之后，对一些事情都看得比较淡了，主要把精力放在家庭上。没那么多事情和应酬，整个人比较放松。比原来胖了一点，但是肚子小了。"他笑了一下。

"你是怎么看淡的？"

"退下来之前，我至少经历了三四年的心理斗争。主要是舍不得那些名和利，还有自己长期坚守的工作岗位。但实际上，感觉落差不大。我现在主动跟原来的一些朋友减少往来，交际圈变小，人没那么浮躁，心静了，也就看淡了。"

这时正好他夫人任香香来了，她接着说："他刚退下来时，不太适应。我总劝他，你现在比以前厉害啊。你以前管学生和老师，现在管老师和学校。"

说完这句话后，香香哈哈哈地大笑起来，很爽朗，很有感染力。跟何校长笑得很像，都是"哈哈哈"。只不过，夫人笑得多，他笑得少。

这可能跟他的职业习惯有关,也是他的性格使然。

何有为生于1967年,他身上有种老派学者的严谨、严肃、认真。对自己的工作精益求精,对下属要求极为严格,什么事儿都追求完美。在当校长期间,他为当地教育系统培养了七位校长。这在当地教育界是一个不小的奇迹。他心里也非常自豪。

这样一个颇有威望、受人敬仰的人,又是一个完美主义者,根本无法接受自己身上那一点点不完美,也无法忍受同事和学生的指指点点。听力下降,对他打击非常大。

他的耳疾源于小时候的一场意外。那年他五岁,跟小伙伴玩耍时,掉进池塘里,泥水淹没了整个脑袋,黑色的肮脏的污泥灌进了他的耳鼻口里。因清理不干净,感染了中耳炎,后来每年都会发作一两次。

慢性中耳炎在那个年代没什么好办法,每次都是医生开的处方药:氯霉素针剂滴耳液。但始终不能根治。到了三十九岁,他的双耳听力急转直下。他陷入了深深的恐惧之中,倍感绝望与无助。

"与人交谈基本听不清他人在说什么,已经到了不能与人正常交流、对话的地步,给人的感觉,仿佛有一双无形的手把我与人们和世界隔开了。无声的世界太孤独、太可怕了。"他说。

海伦·凯勒说:"盲隔离了人与物,聋隔离了人与人。"

在我的印象里,有很长一段时间里,他每次来复查,情绪都非常消沉。

他十分注重个人的外表和形象,也十分在意他人的看法和议论。可是在2005年的中国,助听器还是被人们视为异类的器物,佩戴助听器就等同于贴上了聋子的标签,经常被人指指点点。

他说:"'聋子'这个标签绝对是我不能承受的心理之重。这算什么事儿呀?我该怎么去坦然适应呀?"

那段时间，死的念头不时在他脑海中浮现，总是挥之不去。

他过去见过一些失聪的人，看到他们的生活、工作大受影响，往往还成为别人嘲笑和歧视的对象，过着缺乏尊严和没有生活质量的日子。他联想到自己，非常恐惧自己也变成那样的人。"与其这样没有尊严地活着，苟且偷生，不如一了百了。"他不止一次这样说。

但是，他马上又想到："我还管理着一个有着近千名师生的学校，这是组织交给我的责任和使命。我还有年近八旬的老母亲，她只有我一个儿子，我没了，谁来给她养老送终？我有一个正在读初中的儿子，我没了，不知道他今后如何去生存？我有一个善良的妻子，我没了，她如何承受残酷的打击？"

他一遍又一遍地诅咒命运的不公、埋怨上天的无情。"为什么别人有健康的身体，而我没有？为什么要剥夺我倾听声音的权利？"

他说："我心里痛啊，痛彻心扉。"

老实说，每次患者在我面前倾诉痛苦，我都知道他们很痛，但却不知道那是一种怎样的痛。

有人打过这样一个比方。丧失听力的人，好像被关在一个透明的玻璃房里，外面的人欢声笑语，你看见了却听不见，他们在笑什么、聊什么，那道玻璃墙阻隔了你与他们。那种感觉很让人抓狂。

有一天，为了理解他们的感受，我将自己的两只耳朵用防噪声耳塞堵了一天，但还是无法真切体会到听不见是怎样的痛苦。只感觉到戴着耳塞听声音，好像隔着一堵厚厚的墙，听不清一着急就下意识地要去把耳塞拔下来。

我也常常对一些患者家属说，对病人要多一些耐心，跟他们说话，语速尽量放慢一点，声音稍微大一点。听不见很痛苦的，你要理解他。如果实在不理解，你就把自己耳朵塞上一天试试。

所以每次患者向我吐露他们的心声时，我都非常愿意试着去理解、去倾听。跟他们说话时，我也会刻意说慢一点，吐字清楚一点。他们也愿意跟我说话，愿意向我敞开一部分心声。有些话他们不会跟家人说，却跟我说。这是对我的信任。

当然，我也不会放任患者一直痛苦下去。等他们倾诉一会儿，我会在适当的时候阻断他们。然后再给他们讲一些积极的案例，激励他们、开导他们。

大部分人能听进去，也有人听不进。何有为就属于那种非常顽固的患者，他完全陷入了自己的情绪魔咒，走不出来。

我给他讲，上海一个城市佩戴助听器的人数超过了整个西南地区，越发达文明的地方佩戴助听器的人越多。在我们这个城市，也有很多像他一样有身份有地位的人戴着助听器，依然坚守工作岗位。他仍无动于衷。

我又给他讲，丹麦有个钢琴家，只有四十来岁，得了耳硬化症，听力严重下降，但是他戴着助听器在全世界巡回演出。他又说人家是成功人士，本来就很强大。

总之，好说歹说，他都有理由听不进去。其实，他听是听进去了，只不过还是过不了那个坎儿，不想戴助听器。

有一次，我有点生气了。问他："是戴着助听器与人轻松交流好呢，还是一问三不知像个傻子好呢？是战胜挫折勇于挑战，还是从此消沉自甘堕落呢？"

他当时没什么表示。我给了他一个建议，说："你应该去看看心理医生。"

他去了。还是我破例帮他预约的。

当时心理医生的诊断是：中度焦虑，轻度抑郁。给他开了抗抑郁药，他只吃了一周就不愿意再吃。他说："黄老师，我觉得听你说比吃药管用。"

"那个时候，我最希望他到西南医院跟黄医生多说点话。每次黄医生一开导，他能高兴好几个月。"夫人在旁边插了一句。

我不是心理医生，但是我非常关注听障患者的心理问题。这跟过去的医疗模式不一样。过去是头痛医头、脚痛医脚。病人因为身体疾病导致的心理问题，医生不会管。现代医学模式强调生理、心理、社会是一个统一的整体，医生治病，既要关注疾病本身，也要关心病人的心理，关注社会适应能力。

就像我们的很多听障患者，耳朵听不见、耳朵痛、耳鸣，或者助听器不合适，他们都会感到很烦躁，不愿佩戴助听器、与家人闹别扭。如果听力康复医师不管这些，不去详细挖掘病史了解听障患者的心理困惑，就很难引导患者坚持科学佩戴助听器，也就很难达到听力康复的目的。

何有为喜欢反思，他说："随着科技的进步，听力康复完全可以用助听器或电子耳蜗来弥补，这往往不难了。但是，让病人走出阴影，接受身体上出现的新的异物，正视和面对人们的好奇和议论，是一个艰难的过程。"

这需要家庭、社会、医生的共同努力。有时候，家庭需要付出更多。

那天何有为多次提道："我的夫人很善良，她对我照顾得无微不至，什么事情都很包容我。"

他的儿子也很懂事。自从知道爸爸听力不好，就不准妈妈喊爸爸聋子，也不准家人在爸爸面前提"聋"那个字，他觉得那是一种不良的刺激。

当然，对于抑郁症患者来说，光靠心理疏导还不够，必须听心理医生的话，科学服药。所以，何有为前几年抑郁症复发的时候，我还是推荐他到心理医生那里去。

他对那位医生说："我这个工作干起来压力很大。"

医生说："既然对你心理刺激这么大，你还是不要干了。"

两年后，他听了医生的话，辞职当督学去了。

他现在已经接受了自己的不完美。

我问他："从追求完美到接受缺陷，你是怎么完成这种转变的？"

他说："下来之后，心静了，我开始不断反思。人无完人，何况是我们凡人。一个人不可能把每件事都做好、做对。比如我们全校有七八十位老师，你不可能得到每个老师的认可。所以，我开始慢慢谅解自己。在任时，有些工作留下了遗憾，甚至留下了一些错误。过去非常在意，现在也都不在意了。"

回顾那段漫长的心理康复过程，他说："我现在的感觉和认识就是，你的身体机能受到了伤害不是最可怕的。最可怕的是，对你信心的摧毁。信心被摧毁后，人什么都不想做。所以信心的重塑特别重要。黄教授对我最大的影响就是信心的重塑。"

"现在我已经好了。"他最后总结说。

那天会面结束后，我的助理提到我开始的担心，说："黄老师，你看，何校长真的已经康复了，他的状态很不错。"

我说："你注意到一个细节没有？何校长每次和我们说话前，都有一个下意识的动作，把嘴紧紧抿起。"

"对，我也注意到了。但这说明什么呢？"助理问。

"好像他还不是那么放得开，每句话都是深思熟虑后，才肯说出来。但是我们约的另一位成都病友到了茶馆，他们聊到共同话题后，他再也没有做过那个动作了。那时他才真正放松下来，想到哪里说到哪里。"

"或许以后，我们要多组织一些患者座谈会，他们在一起可以真正做到相互理解、相互激励。"我说。

特别提醒

1990年WHO对健康的阐述是：在躯体健康、心理健康、社会适应良好和健康四个方面皆健全。现在许多慈善、爱心义工、社会人士都在关爱弱势群体，出资出力。政府每年也划拨巨资为弱势人群提供医疗生活物质上的供给。

我呼吁，大家同时要从精神层面上去关爱弱势人群，给予尊重。随着高科技的发展，医学科技都可以解决"聋"的问题，因此希望未来"聋子"这个词被进化。

我们听力康复行业已提议，用"弱听、听障、听力下降、听力减退、听力受损、听力丧失"等来表达听力问题。

让家庭幸福，让社会和谐，让世界充满爱。

巨响之后的寂静

53岁

曾中华说:"我不着急,反正就是去治,治不好急也没有用,就像得了癌症活不久,急也是死,人要想得开。"

13

人可以适应恶劣环境到怎样的地步？

曾中华完美诠释了一个重度噪声性耳聋患者，在双耳助听器听力补偿严重不足的情况下，竟然通过看口型，能保证和他人的日常交流。

了解完病史，我判断听力受损与他的职业有关。

曾中华，53岁。打了一辈子隧道，从南到北，从东到西，中国很多的崇山峻岭中都留下过他的足迹。

隧道里充斥着钻机声、风枪声，还有不时的爆炸声……长期身处噪声环境，他的听力开始逐渐下降，最后在一次爆炸之后听力加剧受损。

在平日工作中，在强噪声环境下，他更多地用眼睛去分辨世界，用手势与工友们传递信息和口令。

佩戴助听器后，他结合看口型很快就理解对方的说话意思了。

他说，工友们的听力都有些减退，大家都习惯大声说话了，都没在意听力问题，直到有一天，一声巨响，严重加剧了听力损失。

"把雷管埋好，人站到有遮挡的山体后再引爆。"诊室里，曾中华的儿子正讲述他父亲的工作。

助手在里间给曾中华复查听力。

"引爆时工人们安全吗？"我问。

他说，挖掘隧道的安全能够保证，因为在放置雷管时，对哪一段管线爆炸都有预设，而且爆炸的时间、地点是经过了严格的计算，一定不会让爆炸伤到人。

"一次有多少根雷管爆炸呢？"

"很多，那是毫秒管，虽然声音只有一下，但是多的时候一次性放了一百多个。"

庞大的数据令人咂舌，那样的爆炸声是多么的震耳欲聋。

曾中华的儿子告诉我们，打隧道采用传统的钻爆法，打钻、放置炸药、引爆，然后排烟、出渣为一个循环。在隧道基本成型时，还要衬砌各种加固保护材料，也叫立拱，用喷浆机喷射到隧道壁架起来的钢丝网上。

隧道的挖掘工作分工很细，每个工种一个班，一个班有二十到五十人不等，曾中华主要负责打钻，工作时间并不长，有时一天只工作三四个小时，打完了就换其他工种的进去。

"在听力重度受损之前，你爸爸的听力怎么样？"我问。

"耳朵有点背，有时会听不到。"

"你爸爸的工友也是这样吗？"

"做那个工作的，都差不多，但大家都不在意。"他语气平淡。

当我问工人们有没有去医院检查耳朵时，他干巴巴地笑笑，说："会检查肺部，其他的没有。"过了一会儿他又说，"肺部检查也很少。"

"那耳朵有时会听不到，工作的时候他们怎么沟通呢？"

"隧道里面风枪、钻机工作的噪声很大，他们一般都打手势交流。"

耳朵在特定的工作环境里形同虚设，眼睛则发挥起沟通交流的作用。

这么大的噪声，应该做一些防护的，我问，"隧道里，他们会戴防噪声耳塞吗？"

"不戴，没有这个规定，他们也没有意识到这些噪声有这么大的危害。"他说。

"打一个隧道要多久？"我问。

"不一定，有时候土质好，一千六百米的隧道六个月就可以打完，如果土质差，那么一个三百米的隧道就要一年左右。"

隧道两头容易塌方，所以开洞口收洞口的进程比较慢，如果遇到岩石坚硬、有断层的情况，挖隧道的工期就会延长。

"你看过他们工作吗？"我问。

"看过，小时候放假了去爸爸那里玩。一开始很兴奋，每天都看到挖土机觉得很有意思，因为在工地上经常是一阵轰隆爆炸声后，就有挖土机去把垃圾拉出来。"

但他说，当小孩子的兴奋劲儿过了，印象最深刻的却是爸爸叔叔们下班之后，取下防尘口罩，只见一双模糊的眼睛和微露牙齿的嘴巴。后来他才知道，挖隧道除了噪声，灰尘、油烟也是一大污染。

爸爸和叔叔们只要打一会儿钻，隧道里就尘土飞扬，而且为了让钻机更加顺畅地运行，打钻机添加了大量的润滑油，钻机运行起来，隧道里油烟浓度飙升，灰尘、油烟包裹着每一个人，就算戴着防尘口罩，也不可能百分之百地阻隔。不仅这样，隧道除渣时候会浇水，所以湿气重，几乎每个人都有不同程度的风湿。

他说，尽管这样，生活中父亲并没有抱怨过自己的工作，言谈间反而觉得这个工作时间短，也不怎么耗费体力，收入也没有不满意。后来父亲因年资较高，经验多了，父亲还成了施工现场的管理，更不用做什么重活儿了。

"爸爸在深山里面挖隧道，你放假去他那里，怎么过呢？"

"大山里面不好玩，爸爸叔叔们上班时间不定，随时可能上班。他们有空的时候就陪我玩,他们上班我就在宿舍里面玩,或者出去逛逛。宿舍就是活动板房,里面只有架子床,没有空调电扇,幸好大山里面就中午有点热,到了晚上还要盖棉被。"

"那些叔叔对你们这些去玩的小孩怎么样?"

"热情得很,山里交通不方便,买个菜都需要三四个小时,盘山公路灰尘还特别多,但那些叔叔总是给我们买水果,今天这个叔叔买,明天那个叔叔买。"

"你跟着去过哪些地方呢?"

"江西、贵州、云南、陕西……还有很多,都忘记了,因为有些地方去的时间比较短。"

在他眼里爸爸脾气好,从来没有打过他,妈妈对他们更严格一些,他去大山里面玩,其实并没有什么玩伴,就是因为爸爸想他了。他说,"只是和爸爸一起。"说到这里,这个黝黑健壮的汉子害羞地笑笑。

"你后来为什么不和爸爸一起挖隧道,反而做了货运呢?"

"跟着做过一次,不算真的入行,但我在山里面待不住,后来看二姨帮工地拉材料,就跟着去拉货了。我的堂哥表哥有跟着爸爸一起挖隧道的。"

"他现在和你们一起住吗?"我问。

"没有,妈妈帮我带孩子,和我们住在一起,爸爸一个人现在住在老家,因为他不喜欢住县城。"

"你们没有住在一起,你了解他的听力状况吗?"

"知道啊,妈妈隔几天就回去看他,说他现在戴着助听器又特能看口型,一般的生活用语都能明白。"

我讶然:"很厉害呀!还可以看口型。"

噪声性耳聋不可逆转,治疗没有效果,能够在有限的助听器音量提升下结合看口型,保证正常生活,他乐呵呵的心态让我不得不佩服。

曾中华听力检查结束，我翻看他的听力报告，他的听力问题太严重了，第一次测试平均听力为95分贝，今天测试是86.5分贝，数据比上次要好一点，或许是佩戴助听器后对声音敏感一点。

我抬头见曾中华安静地坐在一旁，轻轻敲了敲桌子，问，"曾老师，你听得到吗？"

"听得到。"

"我现在说话，你能听懂吗？"

"你说得慢，听懂了。"曾中华慢条斯理地回答。

察觉到他的注意力在我的嘴巴上，我放低声音又问，"你的耳朵是放炮震了的，是不是？"

顿了几秒，他回答，"是啊，做了几十年了，突然遭的。"

"儿子说你可以看口型，是吗？"我问。

"简单的可以，都是猜的。"他笑着连连摆手。

曾中华并没有经过唇语培训，都是从生活中观察学会的，如果对方的方言、语言习惯和他常用的不同，那么看口型就行不通了。

"你们平时在隧道里，有保护耳朵吗？"

"哪有哦，只有放炮的时候把嘴巴张开。"

生活中遇到巨大声响时张开嘴巴，可以防止外界巨大气流造成鼓膜内外气压不平衡震破鼓膜，所以张开嘴巴让鼓膜两侧气压保持一致，可以保护耳朵。

曾中华说："那天放炮我也张了嘴的呀！但是突然就听不到了。我以为是隧道停工了，还到处张望，后来看到大家都在做活（工作），我这才晓得自己耳朵聋了。"说到这里，他还笑笑。

"你当时怎么办的呢？"

"当时突然听不到，我以为睡一觉就好了。结果第二天还是这个样子，我就去医院检查，但是过路的车子按喇叭我都听不到，过了不知道多久，耳朵好像又能听到一点点了。"

那时，曾中华在工地附近的镇医院看了耳朵，但吃了五天药没什么效果，后来才来我们医院。我们医院耳鼻喉科的医生给他做了全面检查后，确诊为双耳重度神经性听力受损，建议他配助听器，不要再花冤枉钱去吃药。他就找到了我们。

"2017年至今，你的听力变成这个样子，心里着急吗？"

"我不着急，反正就是去治，治不好急也没有用，就像得了癌症活不久，急也是死，人要想得开。"

"你今天复查的结果比上一次似乎好转了，接近10分贝，但还是很严重。"我说。

"运动啊！我不怎么喜欢运动，自行车都很少骑。"

很明显，他听错了。我说："他这句话没有听清楚。"

曾中华儿子点点头，正准备提醒。

我说："不要纠正他，他愿意说就听他说说。"

只听曾中华说道，"我觉得对我来说运动不是很重要，睡眠才是最重要的，我如果晚上没睡好，第二天脑袋就像在打锤，到了上午十点如果休息一会儿就要好一点，不然脑壳里面就会一直轰隆隆地响和呜呜地响。"

"你这是比较严重的神经性耳鸣。"我提高音量，放缓语速。

"黄医生，这个耳鸣可以治好吗？"

"目前不明确，但是如果有外界其他声音进入耳朵去，会得到一定缓解。戴上助听器后你的耳鸣有没有好一点？"

"差不多，戴上助听器可以听到外面的杂音，耳鸣感觉没有那么强烈。"

"平时喜欢摆龙门阵（聊天）吗？"

"以前喜欢，后来就不喜欢了，连话都不爱说了。"

"你耳朵听不到了，别人说话怎么办呢？"

"还能怎么办，别人说话听不清，只有杵在那里干瞪着眼睛，一句话都搭不上，我现在就是打个招呼，再站一会儿就走了。"他叹了一口气，"耳朵听不到，人就傻了。"

"你的工友，有没有和你一样情况的？"

"很少，在隧道里面待久了大多数人的听力会下降，也有人单耳听不到，但像我这样突然一下子双耳都听不到的还是少。"他神情有些无奈。

的确，像曾中华这样突然听力严重损失的噪声性耳聋患者有，但更多是噪声导致听力逐渐加重的，比如，我的另一个患者——王寿云。

他今年六十五岁，听力逐渐下降，于2016年配了助听器。

他开了二十几年的手扶拖拉机，后来又做厨师，两份工作都充斥着噪声。一般在十马力左右的拖拉机，噪声便可达到七十五分贝以上，而手扶拖拉机只会更高。厨房里的噪声更是不容小觑，仅仅抽油烟机的噪声值就在六十九至八十六分贝之间，可想而知厨房的噪声有多大。

前不久，王寿云来复查，他说，戴着助听器只能听见声音，不知道对方说的什么，后来就不戴了。

如果长期不复查，助听器得不到相应的调试，听力补偿会大打折扣，而间断着佩戴助听器，也会让听力灵敏度快速减退。

我安慰着他，再度调整了他的助听器参数之后他又可以听到了，问他："这次怎么愿意来复查了呢？我可记得你之前怎么也不来的。"

王寿云絮叨着说："我要不戴助听器，'有人'就不给我做饭了。"说完瞥了一眼旁边陪同的妻子。

妻子笑嗔："打胡乱说（胡说）。"

妻子要求他坚持戴助听器，否则就不给他做饭吃。

"他性格开朗吗?"我问王寿云的妻子。

她回答:"对着熟人就要开朗一些,不熟就不怎么说话。"

一旁的王寿云没听清,好奇地问:"你们在说什么?"

妻子转述,黄医生问你性格怎么样,喜不喜欢说话?

"不怎么说话。"他回答得斩钉截铁。

他的妻子笑了:"他是人熟就话多,人不熟话就少,有时候我嫌弃他烦,他却说,'不是你觉得我没语言嘛'。"

见妻子一边说一边笑,王寿云疑惑:"欺负我听不到,你们又在说我什么坏话?"

我和王寿云妻子交谈用的是正常音量,王寿云却听不清,说明助听器的补充的确很差。

我大声问他:"你喜欢和她摆龙门阵吗?"

"不喜欢,她说话飞快,叽里咕噜的像在说外国话,我都听不懂,更别说摆什么龙门阵了。"

见王寿云把妻子说的话比作"外国话",大家都笑了起来。

了解王寿云的听力程度后,我开始给王寿云做调试,但王寿云始终觉得音量小。

助听器调试,不能单纯地听取某一个指标,需要全面综合地分析,患者的听力损失程度、性质、佩戴环境、佩戴时间、对声音的敏感度、清晰度、识别度……

我转头和他妻子说,"以后和他说话要慢一点。"

王寿云在一旁说,"我一直叫她说慢一点,她不听。"见妻子还在笑,他说:"你还笑,你还不如不要说,我听着心里还着急。"

诊室里气氛轻松,我和他说:"王老师,不要在嘈杂的环境里待太久。"

"我才不去，公园坝坝舞音乐太大了，我最多待半小时就要走。恼火！"他皱着眉，直摆头。

看他故作嫌弃的样子，我们都笑了起来，王寿云的状态越来越好。

我用一张A4纸遮住嘴巴，测试林氏六音，"a——"

他认真地复述。

但念到"s"这个音节的时候，他不知道我念的是什么，只看着我……

因为听力重度损失，有些频段他都听不见或辨不清了，自然也说不来。我不再遮住嘴巴，让他看着口型和我一起念音节，直到他能够准确念出"a\o\i\u\s\sh"。

"你考试过关了。"我说。

"我有两个没听清楚。"王寿云撇撇嘴嘟囔。

"回家坚持戴助听器，下次来，你就可以全部听清了。"我鼓励他。

妻子也在一旁说，"调试好了回家要坚持戴哈。"

妻子语速比较慢，王寿云听得很清楚，他高兴地说："回家了你也要这个样子说话，慢一点。不然我就只能听到嘎嘎的鸭子叫声，也不知道你讲的什么。"

临走时，王寿云复述了我今天的叮嘱，不要到太嘈杂的地方去，两个月后再来复查，说到最后还调侃，"黄医生放心，我一定记得跟'外国人'多说话。"他妻子在一旁笑着拍了他一下，看得出来他俩的感情还是不错。

送走他们，过了好久我的嘴角都还微微上扬，幽默真好。

相比王寿云，曾中华的听力受损程度要严重很多，特大功率的助听器调到极限也不能帮他有效地提升全频段听力。

那天，调试完助听器我突然在他身后弹了一个响指。他说听见了声音但却无法分辨声音来自哪个方向。

用蓝牙音频设备试试！

这是一个蓝牙迷你音频转换器，只有小小的火柴盒大小，讲话的人可以拿在手里或别在衣襟上，可以将远距离的声音无衰减地传输到患者佩戴的助听器里，让听力受损的人可以清楚地听到讲话声，就像贴在耳边说话一样清楚。

对于曾中华这样的重度听力损失的噪声性耳聋患者，助听器连接蓝牙收音设备会有神奇的效果。

果然，我拿着蓝牙设备远离他身后五米的距离，只叫了他的名字，"曾老师！"

他立马回答："我听见了。"

我开玩笑问他："儿子挣了钱，有没有孝敬你。"

曾中华挠头，直说用不着，他现在还没有老。说完憨厚地笑起来，"我手脚能动，不用他给钱。"

问他在家里干些什么活儿。

他也可以马上给出回答，"在家种庄稼，还喂了鸡鸭，不多，但是够吃了。"

在后续的交谈中，这个小小的蓝牙设备在我和曾中华之间架起一座沟通桥梁，其间他笑声不断，一说一个笑，带动诊室里面的气氛都变得热烈起来。

交谈多了，我不再刻意放缓语速，而是试着正常语速交谈，惊讶的是曾中华仍可以轻松地接上话头。

过了一会儿我提醒他说，"曾老师，你发现没有，就算我没有放缓语速，你听得也很清楚了。"

他恍然。

他的儿子在一旁说，是用了这个机器，和你讲话就没有之前那么费劲儿了。

"是清楚一些，会不会是你说得慢呢？"曾中华问。

听见

我回答，"你现在辨别能力变差，跟你说话必须要说慢，还有你的抗干扰能力差了，有了这个蓝牙设备，可以帮助你提升抗干扰的能力，无论远近的声音都能送到你的耳朵里，声音不会衰减，所以别人说话稍微快一点，你基本上也能听清楚。"

但曾中华仍然迟疑，认为交谈时还要让别人戴上这个，太不方便了。

说完，我起身站在三米以外，和他一问一答。

从他的年龄问到生肖，他统统都能听到，还能及时地回复我。

这便是蓝牙收音的好处，远距离说话者不需要提高音量，只要语速稍微慢一点，戴着助听器的人都能清楚听到。

曾中华好奇，"如果环境嘈杂还可以听到吗？"

他半信半疑。

我提议，"我们试试吧！"同时站起来准备向诊室外走，曾中华也站了起来。

打开诊室门，外面无数就诊的病人说话声，急救的推车声等各种声音迎面扑来，听力环境十分复杂，看到曾中华的表情一滞，我出声唤他，"曾老师，可以听到我的声音吗？"

他回过神，冲我点头，"听得到。"

"你想和妻子去赶场（农村赶集），妻子只要戴上这个，不管环境多嘈杂，你也可以听到妻子喊你。"

曾中华点头，嘿嘿直笑。

聊着聊着，不知不觉我们绕回办公室。

"这是我给你的一个建议。"我指着蓝牙，"用这个东西，嘈杂的环境里我们也可以摆龙门阵。"

"这个蓝牙设备是不是很贵呀？"他望向我。

"两千多块钱。"

他松了一口气，说，"还好，不是很贵，可以买一个。"

他还说，如果当初配助听器时就买蓝牙设备，那就是老板给钱，现在只有他自己掏钱了。

"这话怎么说？"我不解。

"我这属于工伤，当时就医时是老板出钱配的助听器。"

"老板赔偿除了助听器还有什么钱？"

原来在曾中华确诊听力重度损失之后，做了伤残鉴定，被评为五级伤残。

后来，律师算了一下又和老板协商，赔了他六十万元。

"你这种情况可以评残疾证吗？可以得到国家相应的补助吗？"我问。

"可以，我能评上残疾三级，但我在我们当地的残联咨询了，每月只能有几十块钱，所以我没有去评。"他又笑笑。

调试助听器时，我们发现曾中华双耳的助听器都有故障，有时候声音突然中断，他也反映助听器有时候会突然出现耳鸣一样的声音，有时候又像断电了。

这可能是助听器的放大器出了问题，而曾中华的这副助听器属于中高档机，我问他："你的助听器办续保了吗？"

"没有。"他回答。

一般助听器在两年保修期内厂家会免费维修（人为因素除外），但如果在保修期外则需要自费了。因此大部分中高端助听器都会选择续保，那样如果主要部件有问题，就可以节省一笔维修费用。

这次，曾中华的助听器维修就需要自费了。

我把自费维修的事情一说，他笑呵呵地感谢我替他考虑，我还在考虑先寄哪只助听器去厂家维修的时候，曾中华则说："要不两个都送检？反正都听不到。"

"那可不行，你的助听器只是偶尔出现断电情况，还能听见，至少要留一只耳朵去听,要不然你这么严重的听力,听不见不安全。"我说。"送检大概需要二十多天,我们会嘱咐厂家尽快维修好。"

那天,复查结束时已经很晚,曾中华父子俩匆忙离去,他们要赶最后一班动车回家。

我正在记录今天的接诊情况。

助手一边整理资料、存档,一边感叹,"曾老师助听器都出故障听不好了,宁愿自己摸索着看口型,也不来复查,想不通啊!"

我无奈,"这是很多患者都缺乏的主动性,也是我们在接诊过程中要再三强调的,加强跟踪回访的后期康复服务也不容忽视,一旦发现助听器有问题应该马上反馈,拖着不解决,甚至不戴助听器,耳朵只会越发迟钝。"

特别提醒

长期接触噪声或者是一次强噪声之后耳朵出现听力受损的情况称之为噪声性耳聋。噪声超过85～90dB强度时,就会对耳蜗造成损害。

人体耳朵舒适度上限:70分贝。

80分贝则是介于闹市区以及汽车穿梭的马路上之间的声音大小。

大于80分贝的声音:飞机起飞声音;气压钻机声音;工厂里的锻造声、建筑工地的嘈杂声、酒吧环境声音;卡拉OK、大声播放MP3的声音、广场舞的音乐声、燃放烟花爆竹的声音。

噪声性耳聋的多数表现是进行性听力减退及耳鸣。早期症状不明显,只有借助于听力计才有可能检查出来个别频率(高频多见)下降,起初表现仅仅是个别字听错,偶尔会要求别人重复一遍说话内容,很容易忽视;随着持续接触噪声,听力进一步加重,会表现为从偶尔听错话到经常听错话,且需要大声说才能听清。长期接触噪声以及瞬间爆震聋者,严重时可致全聋。

噪声对于耳朵在全世界都是一大公敌。交通噪声、建筑噪声、工业噪声、娱乐噪声非常多见。长期工作或居住在噪声环境中的人,要注意防范噪声。

1.减少噪声来源,是最积极最根本的办法。

比如:经常戴耳机听音乐的人,应掌握国际上公认的保护听力60-60原则。听音乐时音量不要超过最大音量的60%,连续使用耳机的时间不要超过60分钟。

再比如:将马路修成沥青道路,减少车辆轮胎与地面的摩擦声。

2.阻隔衰减噪声

比如:采用各种隔音、吸声的设施。比如立交桥旁的隔音墙,家里的双层隔音玻璃。

再比如:戴防噪声耳塞。

原谅我爱慕虚荣

55岁

舒文说:"可能我虚荣心太重了,我就是不想让学生知道(我听力不好)这个事儿。我不想以不幸换取别的可交易的东西,卖穷的往往是不够善良的。"

14

舒文是个鼻咽癌患者,今年五十五岁。

他三十五岁在北京大学读博士时,突然鼻部不适,经诊断为鼻咽癌。

在北京某医院经放射治疗后,舒文二十年来复查身体状况不错,但是,放射治疗鼻咽部时常常会累及临近的耳部组织结构,因此放疗后舒文的听力开始慢慢下降了。

2010年,北京的主治大夫推荐他来找到了我,为他选配了一对隐形助听器,是耳内机。舒文至今佩戴助听器十年了,放疗引起中耳和咽鼓管结构粘连,导致的浆液性中耳炎还存在。他的听力损失有些加重了,我们建议他换一对功率大一些的耳背机,但他一直不愿换。

他说:"等退休以后吧,我还有五年退休。"

助听器属于电子产品,一般寿命是五到八年,他左耳的助听器戴了十年,早已到了光荣退役的年龄,右耳那只功率音量也已调到极限,助听听阈提升有些受限了。但他却说,还要坚持五年。

他的态度很坚决。

作为一名大学教授,博士生导师。以他的学识和眼界,非常清楚对他的听力来说,大功率的耳背机听得更清楚些,但他心里始终过不去。

他说:"可能我的虚荣心太重了,我就是不想让学生知道这个事儿。"

他甚至连孩子都瞒着。

多聊了一会儿后，我理解为这是父亲对孩子的一种特别的爱护，他不愿让孩子像他一样负重前行。

他来自农村，幼时家贫。家里五个男娃，他排行老大。父母倾尽全力供他读硕士、读博士，实属不易。他却在读博期间，不幸得了鼻咽癌。鼻咽癌确实治好了，耳朵又受牵连了。

尽管命运多舛，但他宁愿被人误解，也不想活在别人的同情里。

他说："我不跟任何人说这个事儿，因为不想博得世界的同情。小孩原来也问过我，他妈妈帮我打掩护说，爸爸是因为坐飞机影响到了听力。"

不过，舒文对医生有种本能的信任。这种信任让他在与病魔斗争的过程中多了一些运气，少走了一些弯路。

2010年，他第一次来找我配助听器时，就给我详细讲述了整个过程。

大概是1999年冬天，他感觉鼻子有点不对劲，说话瓮声瓮气。一开始，他以为只是普通的鼻炎，就到校医院去看，结果两个校医反复研究了许久并没下结论，而是告诉他，不像是普通鼻炎，需要到上级医院去做进一步诊治。后来，他辗转好几家医院，在次年的三月份被确诊为鼻咽癌。

当时一个老医生对他说，你得了一种病，说出来吓死你。

他说："哎呀，我觉得我这个人也没有那么胆小的。"后来他说，我也没被吓死。

我问他，你不害怕吗？

他说："有的人说怕'鬼'，不敢走夜路，我胆子比较大，夜路都敢走。再加上当时因为年轻，没有被吓得多厉害。"

之后他又到了北京三〇一医院，遇见他一直非常崇敬和感激的一位老专家。

当时那位专家听他的普通话不是很标准,说着说着就不自觉地蹦出几句方言,便问他:"你是哪里的?"

舒文说:"我是重庆的。"

这位专家正好是从重庆调到北京的一位知名的耳鼻咽喉专家,听说他是从家乡来北京读书的穷学生,对他很照顾。

专家当时说:"我们的机器正在维修,我建议你到北京三〇九医院去治疗,你去找那里的×××教授。"

到三〇九医院后,教授了解到他是来京求学的博士生,对他也非常照顾,及时为他安排做放疗。

放疗是鼻咽癌的主要治疗手段,规范、及时的放射治疗,治愈率可达到百分之九十以上。他算是比较幸运,整个医治过程,发现及时,治疗规范。

所以他非常感激为他治疗的医生。

他曾说过:"我至少坚持了十年,每年去复查,都给他们带点重庆土特产,他们客气不收,我后来就带一小坨茶叶表示谢意。到第十年的时候,给我诊治的三个医生,其中两个都退休了。"

现在距离他确诊鼻咽癌已经二十年了,从第十年开始,他来找我配了助听器,之后每年到我这儿来复查,也会带点小礼物。可能看到我是女性,他就带点巧克力、菊花茶之类的礼品,他用这种方式来表达对医生的信任、尊重和感恩。

所以我说,看起来是他运气好,遇到的很多人,不止医生,对他都很照顾。实际上是因为他对人的信任、尊重和感激给他带来了这份好运。

他风趣地说过:"你们为我做了很多工作,我非常感激。用谈恋爱的话来说,我已经离不开你们了,我的耳朵要靠你们,你们就是我耳朵的保护者。"

他的听力从放疗后就开始逐步下降，到2003年听外界的声音更微弱了。

因为放射线会直接损伤鼓膜、耳蜗毛细胞、中耳结构，造成鼓膜穿孔、中耳粘连、中耳积液等后遗症。中耳本来有三块活动的听小骨，声音通过这三块骨像杠杆运动一样传到内耳。中耳粘连后，这三块骨头就被粘连不怎么活动了。

所以鼻咽癌患者放疗后，听力多数都会下降，只是程度不同。我们接诊过很多这样的患者。

前不久，舒文来医院复查时，正好有另外一位鼻咽癌患者也来咨询助听器。

他是我们医院的住院病人，四十八岁。2016年确诊鼻咽癌，住院放疗七十六天出院。2020年1月复查，发现癌细胞没有得到控制，肺部已有转移病灶了。

他自觉两个月前听力开始下降。这次住院化疗期间，医生也察觉跟他沟通病情有些困难了，建议他来找我配助听器。

他是一个人来的，穿着医院统一的病号服，没有家人陪同。一推开门就问："这里配助听器大概多少钱？"

"有几千块钱的，也有上万的。"

"太贵了。"他说。

他很瘦，样子有些憔悴，但精神看起来还不错。

我问他："你住哪个科？"他才说起自己的病情。

我又问他："你是做什么工作的？"

他的表情有些僵硬："就是农民，不做什么。"

问完病史，助手喊他在病情记录表上签字，他犹犹豫豫不想签。可能他以为签了字就得交钱了,所以问助手:"这个配了大概多少钱?"

助手说:"这个是你的基本病史,先在这里签字确认一下,不用交钱。"

他懵懵懂懂地听着,助手说了两遍,他才迟疑不定地签了字。

助手拿出一对样机调试后让他试戴。戴上后,交流明显比之前顺畅了。

他问我:"如果配了这个,医保能不能报销?"

"助听器还不能报销。"

"为啥呀?为啥助听器不能报销?"他有些激动地问。

这个问题我被问到过几百次、几千次,我也不知道怎么回答,只是无力地一遍一遍重复着说:"是的,目前还不能报销。"

他又指着自己的耳朵问:"这个大概……"

我知道他又想问价钱,说:"你可以配一个经济款,能满足你的听力需求。"

他问:"要多少啊?"

"大约三千多一个。"

"太贵了,太贵了……"他嗫嚅着说。

"你现在的听力损失是中度,平时大声说话也能听见,只是远距离或嘈杂地方听起来比较困难。所以根据你的经济条件,肯定是保命最要紧了。"

先前他的态度一直很警惕,这时才软和下来:"肯定了。我就跟你说吧,我们家里经济条件的确不好。"

"所以说你先把钱拿去把肺部的问题处理好。如果条件允许,可以先来配一只。"

我示意助手从他耳朵上取下一只助听器,然后对他说:"你感受一下，戴一个的效果就是这样。"

"听得见，但是效果差一些。"他说。

"那肯定的。助听器就是这样，戴一个比不戴好，戴两个比戴一个好。"

"好的，就是家里经济条件没得法呀……"

"肺部问题更重要，你先处理好，不急，听力问题稍后处理。"我安抚他说。

他离开后，舒文进来了。

刚才，助手带着舒文到电子内窥镜室检查耳道了。

我说："舒教授，你是不幸中的幸运。刚刚有位患者来咨询助听器，他跟你的情况一样，但是发现晚了，肺部有转移了。"

他说："无所谓了……我现在就想多做点事情。"

"你现在已经很稳定了，鼻咽部的肿瘤放疗效果是很好的，只要发现早。"

舒文从2003年开始听不到外界的声音，直到7年后的2010年才来配助听器。

我问他："第一次知道耳朵听不见是什么感受？"

他说："我当时感觉整个天空都是蒙的。那种感觉医生都不一定感受得到。这种事情不能体会，只能描绘。"

"感觉就像隔了一堵墙？"

"不仅仅是这样。就感觉整个天空都是暗的，没有颜色。"

他这次来复查，主要是因为左耳耳鸣有些恼火。

我先用耳镜观察了他的耳朵，发现他的左耳道附着有很多干痂。这种干痂是由于放射线直接损坏鼓膜和中耳腔黏膜，产生了中耳积液。中耳积液流出外耳道，干了之后，附着在外耳道上就结成了痂。像鼻痂一样，不是日常的耵聍。

这种干痂需要定时清理、冲洗。否则助听器戴上去，干痂与助听器与耳道不贴合，就容易引起啸叫。

他上次来复查时，左耳道也是堵满了这种干痂，所以他总感觉左耳有啸叫声，啸叫了三个月他才来。当时耳道冲洗后，他就说没有啸叫声了。

这次我推断，他说的耳鸣可能还是跟干痂相关。

我们在诊室里，用普通的电子耳道镜看得很清楚。但舒文一直以为是细菌感染引起的慢性炎症。前段时间，他还去医院打点滴消炎，其实放疗引起的无菌性炎症，用消炎药根本不管用。

为了让他看得真切，明白耳道的情况，我专门用电子内窥镜检查他的耳道，并将干痂图片成像打印出来。

他瞄了一眼图片，用手挡着推开后说："哎呀，我的天呐，这么多，我都不敢看了。"

我给他打手势："去，把它冲洗出来，再试。"他没戴助听器，没听见。

助手连忙把一只助听器塞到他耳朵里，他才听明白。我对助手说："冲洗完，再去观察一下耳道拍张照片，让他对比下。"

等他们再次回到诊室，他笑着说："哎呀，确实，冲洗完之后听起来感觉更顺畅了些，耳鸣也减轻很多。"

我跟他开玩笑说："听力康复不仅要从硬件上想办法，也要从软件上想办法。"

他刚才去冲洗耳道时，我已经将他的两只助听器的数据都提到了满挡。

他右边那只耳内机是后来重新换的，只戴了五年，原来那只丢了。左边也是耳内机，但是比右边的功率稍微大一些，也都调到了满挡，以后不能再调了。他的听力如果再下降，这副耳内机就没办法胜任了。如果想听得再好一点，就需要换一个功率大些的迷你耳背机。

他戴上后，我用正常音量跟他交流了几句，他都听得很清楚。

调试完助听器后，我分别站在他身后不同的位置说话，他都辨别出来了我站的方向。但是当我放低音量后，他就听得不是很清楚了。

明知这样的情况有多糟糕，但他还是坚决不肯换新机。

他说："现在我就想，有些东西听了我就去抓重点。不是像那个时候，听不见心里就着急。现在我基本上是，听了觉得不是重点，就不听或不参与。"

"你怎么知道你听到的部分不是重点？"我笑着问他。

"哎呀，没办法，世界上有很多东西是用不着听，用不着看的。这就叫上帝什么都看得见，还装什么都看不见。上帝什么都听得见，还装什么都听不见，他也没办法。就是因为这个世界没人管得住，才制造了一个不存在的上帝。这上帝是不存在的，我不相信上帝。"

这是他给自己找的理由。谁不想听见啊？安慰自己而已。

他这显然是心理问题，实际就是害怕别人看见他戴助听器。

我跟他认识十年，他来复查的次数也不少了，但真正跟他接触到心理层面还是第一次。他以前每次来，都是客客气气的，因为我也比较忙，所以他检查完就走了。这一次，他是最后一个患者，我们聊得久了一些。

当时我的两个学生也在办公室，他看了其中一个留着齐耳短发的学生说："索性我也像她一样，把头发留得长一点。"

"可以呀，你是艺术家。"

"现在我还没有想好，我不要当发型艺术家，跟你说实话吧……"话到嘴边，他突然停了下来，左右看了看我那两个学生，似乎有些忌讳在生人面前说出自己的真实想法。我忙说，"她们都是我的学生，没关系，你可以说。"

他才继续刚才的话:"是这样,站在台上讲课,那些年轻的孩子都希望自己的老师年轻、长得帅。"他举例说,"我们有个同事,也还不到六十岁,但头发白了近八成。他原本不在意,从来不染发,但是有一天被一个学生喊老爷爷,他很受刺激,马上染了发。"

他接着又说回自己:"我不希望给别人一个糟糕的形象,因为学生还指望着我,或许我挂一个耳背机,效果真的好一些,但是……"他欲言又止,我替他说,"但是形象不太好。"

"我这么说吧,一句话,我还没想通。上次我讲了,有一次我做胆结石,学生来看我,我都不让来,就是因为不想让他们知道这个事儿。"

"你主要是不想影响在学生心目中的形象。"

"不是啊。人家指望着我,人家觉得这个老师还有点用。我倒不是担心自己的形象垮了,我自己垮了无所谓。"

我接诊过几千、上万个听障患者,最抗拒助听器的可能也就一两个人,他是其中之一。

另一个是何有为。

其实他跟何校长以前的想法类似,都很在意别人的看法,都是完美主义者,都走入了心理困境。只不过,何有为是显性的心理问题,他是隐性的心理问题。

他表面看起来无异常,实际上存在一定的心理障碍。

我最后决定再尝试一下:"舒教授,您的心理问题是很轻微的,您戴着这副助听器,现在的听力也没有大碍,只是在特殊情况偶尔听得费劲。你说再坚持七年,能坚持当然很好。如果不能坚持听力再下降了,也要坦然去接受。现在这个社会对助听器多是好奇心理,不会影响到您的个人形象,学生们更多是被你的满腹经纶所折服,有谁会在意你耳朵里那小小的助听器?"

"现在越来越不是这样了。"

"你纠结的点在什么地方？"

他苦笑着叹了一声："嗨，我不想去举例。"

我试着以同理心与他沟通："我知道过去你一定遇到过一些不愉快的经历，可能有的人对你的耳朵表示好奇，或者对你产生一些看法，甚至是误解，因为你最初听力不好的七年都没有戴助听器。像你这种情况，如果能在听力方面做一些调整，我想大家会更多地去理解你，帮助你。"

他说："我再考虑考虑吧。我本身就紧张得不得了，上级又给我加了一个任务。有机会不做，我觉得很可惜。有些人说，哎呀，你不必那么急了。但是西西弗斯有句话，他顶着石头，松一下，那个石头下来一点，松一下，石头下来一点，他一直解脱不了，人也是那个样子。"

最后，他离开诊室前，我给他写了两条医嘱：定期冲洗耳道、建议更换迷你耳背机。到了晚上，我收到他的一条微信：

"黄医生，谢谢您，我当然离不开你们，我会好好考虑换新的助听器。我不想以不幸换取别的可交易的东西，卖穷的往往是不够善良的。泰戈尔说，假如我爱你，请你原谅我，也请黄医生原谅我的虚荣心。给您一盒河南开封的菊花，女性同胞的至爱，请笑纳。"

特别提醒

听力损失分三类：感音神经性、传导性、混合性。

感音神经性听力损失部位在内耳，传导性听力损失部位主要在中耳及外耳，混合性是前两者兼有。

鼻咽癌放疗后导致的听力受损多以混合性听力损失为主，占64.37%。

传导性和混合性听力损失的助听效果较感音神经性听损要好。

双耳佩戴较单耳效果好，双耳声音平衡、有立体感，方向感、响度和清晰度更好。

白内障、青光眼等都已纳入医保，目前上海、广州、北京等地已实施助听器部分报销的地方政策，国家每年在逐渐增加资金统一购买助听器和人工耳蜗捐助听障人群，相信未来助听器纳入医保或部分纳入医保指日可待。

情绪的魔咒

42岁/57岁

  我从事助听器门诊20余年，接诊过无数来自全国各地的患者，每位患者都有过令人难忘的故事，这是我遇到的第一个因情绪失控导致的突发性听力障碍，也是最让一个母亲心痛的案例。

15

2003年，我进入助听器门诊第三年，遇到了一个特殊的病例。

一个42岁的女人患突发性听力障碍，病史四五年，常规询问一直没有找到病因。在丈夫的鼓励下，她终于决定来配助听器。

他们来的时候，牵了一个2岁多的小女孩。我当时就感觉有些奇怪，他们四十多岁了，孩子怎么只有两岁多？那时候，二胎政策还没放开，一定有故事，但我没马上问。

询问病因时，我问她有没有接触噪声，她说没有。

问她有没有患过什么重病，她说没有。

问她那段时间有没有眩晕、中耳炎……她都说没有。

这时，我看着丈夫抱着的小女孩，问："这孩子……"

她给我讲述了这样一个特别的故事。

他们有一个大女儿，人见人爱，性格很乖巧，学习很努力，成绩也很好，已经上高一了。有一天，她女儿晚自习回家后说感冒了不舒服，妈妈就到楼下给女儿买药，孩子吃了药就睡下了。等孩子父亲回到家，奇怪乖女儿今天怎么没看书呢，就问女儿怎么了？

妈妈说，感冒了，在屋里睡呢。

父亲很细心，到里屋去看女儿。一看不得了，摸着孩子额头特别烫，喊女儿也喊不应了，夫妻俩立即把孩子送到医院。当时孩子已处于昏迷状态，进了ICU（重症监护室）。

大女儿在ICU里曾有过短暂的苏醒，她看到床旁的心电监护仪滴滴地响个不停，感觉自己病情危重了，要求医生想见父母。夫妻俩连忙奔进抢救室，女儿虚弱但意识清醒地对他俩说道："爸爸妈妈，我要是走了，你们不要难过，好好照顾自己。"

妈妈说到这里，已泣不成声。

听着妈妈的讲述，我仿佛看到了乖女儿与父母的生死告别。我哽咽了，多好的孩子啊！

不到半小时，孩子走了。妈妈耳朵里"轰"地一响，之后什么也听不见了。

后来，这位妈妈的听力恢复了小部分，几年后，在亲友的劝导下他们才有了这个小女儿。

我从事助听器门诊20年，接诊过无数来自全国各地的病人，每位病人都有过令人难忘的故事。这是我遇到的第一个因情绪失控导致的突发性听力障碍，也是最让一个母亲心痛的病例。

突发性听力损失，是原因不明的感应神经性耳聋，常发生在72小时内。

这位妈妈来到我诊室时，已经过去四五年，错过了最佳治疗时期，成为永久性听力损失，只能戴助听器。

部分患者是在压力大、精神紧张、过度劳累，或者家中有事着急上火情绪波动过大后，突然出现此症。因为情绪过度紧张、焦虑，会造成耳蜗血管痉挛，供血不足导致的微循环受阻，毛细胞3~5分钟内就会凋亡，从而造成不可挽回的听力损失。

所以我经常劝导身边的人,不要过度劳累,不要给自己太大压力。脾气大、压力大,不仅会脱发,还会导致突发性听力障碍。

15年后,我又遇到一个典型的病例。

他叫薛勇,是个东北人,身材高大,一点八一米。年轻时,当过兵,干过公安,下过海,挣过大钱。后来生意失败,一夜之间损失了一千多万元。耳朵突然听不见了。

他的听力下降主要是情绪引起的,还伴有噪声引起的耳鸣。

他18岁入伍,服兵役五年,给首长当了四年贴身警卫员,经常接触枪弹。刚进部队时,他参加强化训练,每天打两千发子弹。

"开始一星期不要成绩,打出去就行。过了一个星期,就要看成绩了。"他说。

"你们打枪的时候戴防噪耳塞吧?"

"是,我们多是室内打靶。"

室内的声音更大,对耳朵伤害也更大。

有一次训练新兵,他当班长。扔手榴弹的时候,有个新兵没把手榴弹扔出去,落在新兵的身边。他当时一个箭步跑过去,抓起手榴弹扔出去。一瞬间,轰的一声巨响,手榴弹炸开了,离他耳朵特别近。

"我当时感觉耳朵震了一下,后来耳朵里面就一直嗡嗡嗡地发响,因为年轻也没当回事。"他说。

这是典型的爆震性耳鸣,也叫噪声性耳鸣,可能会造成暂时性或永久性听力损伤,是部队官兵听力障碍的常见原因。

我问他:"现在还有耳鸣吗?"

他说:"现在基本上没了,有时候也会突然响几下。"

他当时不到22岁。

他从部队退伍后，分配到地方公安局。

他的头脑灵活，身手矫健，本事又硬，擒拿、格斗、射击样样精通。大概干了一年零八个月，不到24岁被提拔为派出所所长。

"我是我们所里年纪最小的一个。"

"那的确很年轻。"

"当时是这么回事儿。我们那地儿要提拔一批年轻干部，我正好赶上了。其他都是二十七八岁，三十多岁。"

这是他最自豪的一段经历，但他从来就不是一个安于现状的人。

大概是1991年到1997年，全国掀起了一股下海潮。他听说谁都可以下海经商，马上弃政从商，开了四家休闲会所。

到了2009年，北京一家休闲会所突然出事儿。此后两个多月，全国的休闲会所全部遭到查封，他的四家休闲会所也在一夜之间全部倒闭。

"当时我接到消息，耳朵突然嗡嗡嗡地响起来。还没寻思呢，就听不见了。"

"打击太大了。"

"是啊。买卖一黄吧，精神特别恍惚。突然间，一千多万就没了。还不是说，咱一点点没，还有个适应过程。这就是突然间。头天晚上我把店里的钱拿到家里，第二天上午10点钟，上面打电话要查封了，全部关门，不许经营，钱突然就不是你的了。"

"当时你情绪怎么样？"

"哎呀，我在家躺了12天，卧床不起。前四天一口饭没吃，过了12天起来了，哪旮旯都溜达，看看这里，看看那里，心里想着，都没了，都没有了。后来又慢慢地，一点点就好了。"

"你当时听力不好，去医院看了吗？"

"过了半年才去。我姐在医院当护士，她知道我听力不好，催我去医院看看。当时的医生说，如果3个月之前你来，我也许能给你治好。现在都半年了你才来，只能戴助听器了。"

"配了吗？"

"对，配了一副小的，塞进耳朵里边的，四千多块钱。但是戴上以后在屋里面还行，一到外边就不行了，嗡嗡嗡地听不清。"

"应该是没有降噪功能。"

"对，之后我断断续续戴了半年多就不戴了。你看我现在戴这个怎么唠嗑都不影响，以前那个不行。后来就不戴了，戴了也没啥用。"

"不戴怎么跟家人交流？"

"在家里边，我们东北人说话声音大，都能听见。"

"在你们老家交流还可以？"

"还可以，但有时候说话急了也听不清。有时候把我儿子气得：不跟你说了！"

"后来你怎么来重庆了呢？"

"后来我想，不行了就是不行了，慢慢就想通了，在家晃荡了好几年。我姐回东北一看，说别在那儿待了，来重庆吧。我就来了。"

2012年，他到重庆投奔姐姐。目前在一家食堂做面食，馒头、包子、花卷都做得挺好，很多人都喜欢买他做的面食，他又找到了生活的乐趣。当时他的听力障碍病史已有三年，但直到2018年，他才第一次来我们医院配助听器。

"为什么你那么晚才来配助听器？以前怎么办？"掐指一算，距离他第一次耳朵听不见已经九年了。

"以前我配的助听器不好使，还以为所有的助听器都那样，所以一直没有配。我还把原来那个助听器也带过来了，在这旮旯也戴过，不管用。"

"你姐姐有没有劝你来配助听器？"

"有啊！我在东北配的那副，就是我姐让我配的。后来我到重庆，我姐还说让我配，我不愿意去。"

"为什么你不愿意去呢？"

"我当时给我姐说了，根本不行，现在这助听器可能在一定范围内能听清，超过这个范围，一出去就完了，所以我拒绝了。我姐姐说，别说那么多，你还是去吧。"

"那你姐姐给你说了多久你才来？"

"能有半年多，左一次右一次。那一天，姐姐急了：不行不行，你今天必须得去。"

他当时几乎是在姐姐的强迫下，来到了我们的诊室。本来他纯粹是为了给姐姐一个交代，结果来到这儿以后，助手调试了一副助听器给他戴上后，他马上就决定配一副。就是他现在戴的这副迷你耳背机。

"现在这副助听器，你每天都坚持戴吗？"

"我起床就戴上，除了睡觉，一直戴，天天戴。"

"现在戴上还有啥问题吗？"

"就是人多的时候吧，离得远听不清，有时几个人同时说话也听不太清，人少的地方都挺好的。"

"现在哪个耳朵声音大一些？"

"左边耳朵声音大一些。"

"近距离，如果说话再小声点，不看口型，能听见吗？"

"再小就听不清了。"

我取下他的助听器，用电耳镜检查了他的外耳道，发现有很多耵聍。于是让助手带他冲洗了耳道，在助听器耳模上打了一条凹槽，用于通气，又重新调整了助听器的一些数据。

他重新戴上后，我问他："现在感觉怎么样？"

"感觉挺好，声音比以前大了。"

我又给他交代:"这条凹槽是用于通气的,你回去以后,要经常清理这条凹槽。如果耳垢把它堵上了,你就用棉签清理干净。"

"妥了,咱知道了。"

他是个土生土长的东北人,很实在,说话很幽默。我上军校时,有个教官也是东北人,整天听他说一嘴东北话,比如"这旮旯""东北人儿""妥了"……现在听到这位患者的东北话,又曾是军人,聊的话题就更多了。

他这个人很有意思,总是乐呵呵的,啥也不愁,啥也不想。身上有着东北人的直爽、大气、乐观、自信。

我问他:"过去的事情不去想了?"

"以前老想,现在不想了。咱们这么大岁数,今年五十七岁了,也不可能重新开始干吧?那多累呀。"

"你从东北到重庆,应该说以前也是挺风光的,当过兵,干过公安,下过海,挣过大钱,现在来重庆蒸馒头,觉得心理上有什么落差没?"

"没有,我现在就是觉得一天乐乐呵呵的。这边忙完工作,那边也没啥烦心事。姑娘儿子都大了,也不用咱操心了,整天就是吃喝玩乐。"

"刚开始你觉得受不了,后来又是怎么慢慢适应的?"

"我就这性格,天大愁事儿我该乐呵就乐呵,我就在心里头乐呵,没有愁事。啥时候有啥事,就几分钟,过去就好。"

他这样非常好,这辈子有儿有女,见过大风大浪,也享过大富大贵。有过成功,有过荣耀,虽然经历过失败,但现在年纪大了,也过得逍遥自在,人生也不算遗憾。哪怕跟人唠嗑,也有资本。

我想,如果换个人,在人生最高处狠狠跌下,一夜之间损失一千多万元,很有可能会想不开,甚至会走上绝路。而他,只是留下听力受损这一点印记。

回头来看，他的听力损失突然加重主要是因为情绪波动过大。但结合病史，跟他在部队时长期接触枪械射击噪声也有关系。

不过，他从不在意这些。

他在刀尖上舔过血，与死神数次擦肩而过。他见惯了生死，经历过大起大落，最终归于纯粹。

对他来说，耳朵上的那一点点问题太小了，算不了什么。

他一点八米的高个，寸头，双耳成天戴着迷你耳背机，开心地忙乎着揉面做馒头包子，和人乐呵呵地打招呼。

他前不久来复查，正好碰到舒文也来复查。

舒文也五十出头了，比他小几岁，但是跟他完全不同，根本无法接受助听器，非常担心别人看见了他的助听器，非常在意别人的目光。十几年了，还是过不了自己心里那一关，很顽固。我们怎么开导，他都坚持不愿意换迷你耳背式助听器。

薛勇在一旁急了："这就证明啥呢，你的思想太落后了！我们又不是年轻人，喜欢臭美，把这事儿看得很重，现在岁数大了无所谓了。人的思想要开放，要有超前意识，前怕狼后怕虎不行。有时候，你要大胆去干，大胆去尝试，不要怕，错了再改。"

他的声音洪亮，中气十足，即使年纪大了，还有军人的风范，不怒自威。话语间透露出东北人特有的热心肠和幽默，感染力极强。

特别提醒

  新的健康观念使医学模式从单一的生物医学模式演变为生物-心理-社会医学模式。

  也就是说，身体上的疾病可以引起心理和社会问题，反过来，心理和社会问题也会影响身体。

  大家都知道，经常处于紧张状态的人，如司机、警察、记者、急诊科医生容易患应激性胃溃疡和十二指肠溃疡，抑郁的女性容易乳腺增生、卵巢囊肿。

  中医理论：喜伤心，怒伤肝，思伤脾，忧伤肺，恐伤肾。

  总之，过度的情绪，哪怕是喜，喜极生悲。因此，提倡大家树立正能量，积极工作，阳光般地生活，学会控制和调节好自己的情绪，于身体于工作生活均有益。

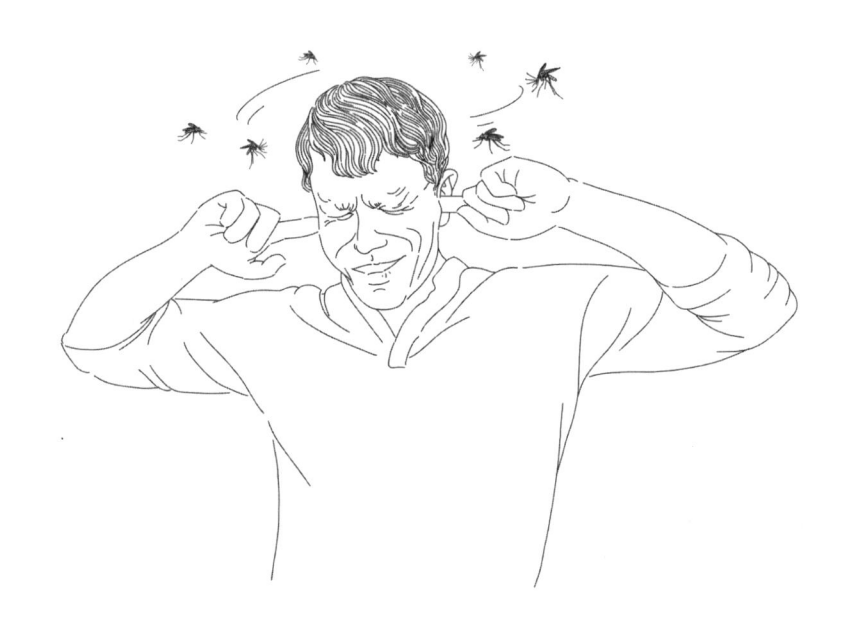

致命的声音

72岁

邓成功说:"听不见没关系,只要没耳鸣。"

16

邓成功是一个典型的耳鸣患者。因为耳鸣，他的脾气变得特别暴躁。

他第一次来，整个人看上去都异常烦躁，焦虑无比。一开口，整个房间都充斥着他的声音。那一次，我真正感受到了什么叫震耳欲聋。

当时我差点就想去戴防噪耳塞，可惜办公室里没有。那天我就想，以后我也得准备防噪耳塞了。

但是只过了半年，第二次复查，他的表现就好多了。

虽然偶尔也会出现瞬间的焦虑，但是总的来说，你会看到他虽然眉头还皱着，但嘴角却是咧开的。最起码能够安静地坐下来听人说话。他之前给人的感觉，坐立不安，火气冲天，只要他说话你几乎插不上嘴，一看就是个急脾气。

他女儿吐槽说："我爸爸脾气一点儿都不好，整天吵吵，我们都不愿意跟他说话。"

我开玩笑说："如果把他第一次来的样子拍下来，和现在的样子对比，你就知道助听器对他有多大好处。"

半年前，他第一次来，耳朵已经几乎听不见了，但是没有戴助听器。

按照惯例，助手先向他询问病史。但他根本不配合，甚至不肯坐下来。我走过去向他招招手,平静地用手势示意他坐下来,不知道为什么,他就信我了。他坐了下来,然后我听他说。

他一说话,不得了。

那声音至少有九十分贝。相当于家用音响设备的大音量,又像装修时使用电钻发出的声音,或者离你只有一米远的距离放鞭炮,已经接近人类所能承受噪声的极限。

按照正常人的听力标准,七十五分贝是人类耳朵所能适应的一个上限值,当分贝超过八十五时,会对人们的耳朵造成伤害。一百到一百二十分贝的声音是人类无法忍受的,这个区间的声音停留时间超过一分钟就会导致短暂性的耳聋。

所以我当时就想戴上防噪声耳塞。

所以他家人都不愿意跟他说话。

但是,我给他试戴了一副助听器后,他马上就说:"耳鸣好些了,耳朵也能听见了。"

他已近八旬,耳鸣病史已有三十几年,三年前摔了一跤,突发脑梗,脑子里有血块,之后耳鸣开始严重。他说:"耳朵里总是叫,有时有几种声音在响,受不了。"

现在他戴助听器已有半年,我再问他:"你觉得有没有好点?"

他说:"好些了,噪声还有一点点。"

"噪声?你是说耳鸣吗?"

"对,耳鸣。"

"戴上助听器好些吗?"

"嗯,是好些了。"

"所以你要坚持戴,睡醒了就要戴起。"我说。

"嗯,醒了耳鸣就来了,来找你了。"他说。

"它一找你,你就赶快找助听器。"

"哈哈哈哈……"

我说话声音不大,他都能听得到,也能坐得住。说到高兴处,他总是像这样爽朗地大笑。听我说话的时候,他也是连连点头,"嗯嗯"地一直附和着。时不时还能开个玩笑。

他跟我们摆龙门阵,说他年轻时候最喜欢唱川剧,喜欢看书、写文章,文采很好。后来因为耳鸣严重,坐不住,没办法写。再后来戴上助听器,耳鸣好多了,他又重新拿起笔了。

现在还能坐下来写点回忆录。我赞道:"真不错!有空把你写的文章发给我看看。"

他自豪地大笑着说:"我写的不少,已经有十几篇了,你看得完吗?"

我笑着说:"可以,拍照片给我。"之后我又补充一句:"但是你要把助听器戴好,戴好之后,耳朵能听见了,脑袋就灵活了,回忆起以前的事情才能写得出来。"

我故意把说话声音压得很低,但是他都能听得到,还笑着连声"嗯嗯"。

他又继续给我们摆龙门阵,说他父亲以前的战友去了台湾,他父亲非常想念他们,他也想念那些叔叔,还给他们写了信,但是没有回音。他又喊女儿替他给对方写信,女儿很不理解。

听他女儿说,对方已是九十岁左右的老人,身体有病,脑子不清楚了,对他也没印象了。但邓老一直很执着地说要联系。

我对他女儿说:"你爸爸想做事是好事情,老有所为,他老了不做事情,人生是没有意义的,你们应该支持他,帮帮他。"

我父亲到晚年以后也是写回忆录,我们都支持他写。他先写在纸上,我姐姐帮他打字输入电脑,弟弟为他写序言,妹妹帮他整理成册出版了。

到后来我爸爸越写越有乐趣，觉得很有意义，最后他写出了三本回忆录。

邓老说："我都说让我女儿帮我打印出来，但是她不愿帮我。"

"脑溢血以后，他很多字不认识，有时候词不达意，他就只有用语音，然后让我们整理出来，打印出来。"他女儿说。

"帮他啊。他自己有事情做，过得比较充实，也不会无聊。"

"要得，回去我帮你打。"他女儿接过我的话，像哄小孩似的对他说。

他又开心地哈哈哈笑起来。

按说他这种性格，应该很愿意出去跟人打交道。但是他女儿却说："我们都鼓励他很多次了，他就是不愿意出去。"

"为什么呢？"

"懒啊。他瞌睡多，一天到晚都在自己屋里躺着……"

他女儿还要说下去，我摆手制止。

我知道了，他不是真的懒，而是心灰意懒。家人嫌他吵，外面的人又不习惯他说话的方式，所以他也懒得出去，懒得说了。

他说，跟外面的人摆不了龙门阵。

他女儿说："我爸爸有点自负，不像别的老爷子喜欢家长里短。他喜欢与那些跟他有共同经历的人聊天。他还是个颜控，喜欢黄晓明。"

也难怪。他们一家人颜值都很高。他自己都七十多快八十岁了，看起来还是很帅气，鼻梁高高的，眼睛大大的，还是双眼皮。他的两个女儿五官也很漂亮，还有他的外孙、外孙女个个都漂亮。

看得出来，他发自内心地高兴。

真难得，他还能坐下来跟我们聊这些话题。第一次来，这是绝对不可能的。

我问他："邓老师，你这样出来跟大家聊天，心情好不好？"

他说:"心情好哇,我巴不得出来跟大家聊天。"

"那你平时就要像这样把助听器戴着,多跟家人说话,多出去走一走,看一看风景,跟你熟悉的人聊聊天。如果他们忙,没人跟你说话的时候,你就听歌,那样心里头也开心,耳鸣也没有了。"

他连连点头,拖了很长的音,重重地"嗯"了一声,像是在思考。

他女儿压低声音嘟囔了一句:"他固执得很,现在答应得好听,回家就不戴了。"

他竟然听见了:"我戴了的。上次黄医生打电话来,我就戴起了。起床就戴,每天都戴。"

我笑了:"邓老师,助听器可以记录你每天戴了好久,这次查看你平均每天都戴了7小时,下次你来我还要检查哦。"

他一下子笑开了:"黄医生多好啊,多客气。"

他女儿插话说:"我爸爸形容人好就喜欢说客气。"

我趁机叮嘱他:"邓老师,回去以后,你要先控制好血压,把心情放平和点。血压控制好了,对心脏好些,耳鸣也不会那么重了。不然你一着急,血压又高了。平时你着急的时候,深吸一口气,心情也就平和了。"

他又点点头:"嗯。"

"你把助听器戴起,耳鸣好些了,说话也好些了吗?"

"说话也好些,别人听得懂我说话。"

"别人听得懂你说话,你听得懂别人说话吗?"

"声音稍微大点,我也听得懂。"

"不是说大点,是说慢点。我教你。你看我现在说话声音也不大,我再跟你说话小声点。"

我把手挡在嘴巴前面,不让他看口型,然后压低声音说了好几句话,他都连连说,听得到听得到。

小声听得到了,大声也不能被惊到。我把助听器调了一下,然后在他面前用力击掌，测试他对大声的反应。

我问他："大声难不难受？"

"没啥子。"

我加大力气准备再次拍手。他看到后连连摆手："不要那么大声了。"

"但是这个大声不难受吧？"

"不难受。"

"好，我看你眼睛都没眨。"

"哈哈哈……"

"所以说平时说话不要那么大声，你说话声音小一点，他们也听得到。"

他有些不确定地问："听得到啊？"

"对，听得到。"

他女儿这时有些不放心地问："爸爸，我们说了这么多的话，你有没有耳鸣？"

"有点，但是不多，好多了，可以受得住。"

"嗯，他应该很满足了。"我说。

他说："就这样就行了，完全没了是不可能的。哎呀，也是七十好几的人了。"

他的耳鸣可能是血管堵塞引起的，因为他以前得过脑溢血，脑袋里有凝血块。

耳鸣、耳聋、眩晕是耳科的三大疑难杂症。

现在，耳聋的问题大多数都解决了，助听器、人工耳蜗可以辅助补偿听力。耳鸣和眩晕也有一些方法可以得到控制。

耳鸣的原因非常多，部分耳鸣现在还找不到原因。所以在医学上也叫特发性耳鸣。

常见原因，一种是耳源性的，跟耳朵有关，跟听觉通路有关。哪个部位出现了病变，可能就会引发耳鸣这种症状。另外一种是非耳源性的，全身性的疾病。如心脑血管疾病、甲状腺功能异常、糖尿病等也容易引起耳鸣。有数百种疾病产生耳鸣，因此，耳鸣又叫全身健康状况的警报器。

我接诊过一个病人。他说，我这一个礼拜耳朵都在响，说话、吃饭、晃头的时候叫得更厉害。结果我们用电耳镜一看，鼓膜上有一根头发丝。可能是这位男士剪头发的时候，头发丝进入外耳道，然后洗澡的时候，外耳进了水，头发丝顺水贴在了鼓膜上。所以，一说话，鼓膜一震动，就呼呼地响。

他这种不到医院就诊，自己是看不到鼓膜上有东西的。后来我们给他冲洗外耳道以后，这根头发丝就冲出来了，耳鸣就消失了。

这种也叫客观性耳鸣，是确确实实存在的。

耳鸣和耳聋就像孪生姐妹一样，经常是相关联的。有些人是先有耳鸣，然后听力下降，有些人是先有耳聋，再有耳鸣，所以多数耳聋患者伴有耳鸣，只是程度不同。

耳聋和耳鸣不是成正比的，不是说耳聋越重，耳鸣也越重。也有的人根本就没有听力下降，也有耳鸣。

耳鸣声种类繁多，据统计有三十多种。比较常见的是：蝉鸣声、嗡嗡声（蚊虫叫声）、马达轰鸣声、轮渡声、吹风声、流水声、铃声、滴答声、蟋蟀声、呼呼声、轰轰声、达达声、镇流器振动声等。

耳鸣的表现形式也不同，有些是持续性的，有些是断断续续的。如果是偶尔的，患者还能勉强过得去。如果是持续的，加上它的强度已经大过这个环境的声音，患者会出现焦虑。

像邓老，他的耳鸣就是持续的，而且响度很大。我们测试出来他的耳鸣频率为6000赫兹，强度为85分贝。除了睡着了，耳朵里脑子里都是耳鸣声。他说，早上一醒来，耳鸣就找上来了，由小变大。所以刚才聊天的时候，他还有一瞬间的焦虑。他第一次来的时候，更是全程都异常焦虑。

还有一些人更严重，耳鸣甚至会影响到睡眠，越睡越烦，恶性循环。

我还接诊过另外三个比较典型的耳鸣患者案例。

第一个，是个有文化的老太太。

她的听力受损不是很严重，只是轻度听损。但是她的耳鸣很严重，重到她都不想活了。

她那副助听器戴了十年，前两天才过来换了副新的。跟邓老的状态相比，她却显得特别安静。其实与十年前相比，她已经好太多了。十年前，她丈夫第一次陪她来，她坐在这儿根本不说话，安静得让你感觉她是个没有生命的木偶。

她本来是当地医院检验科的主任，工作极其认真，退休以后又被返聘。也多亏她被返聘，如果没有被返聘，她可能就真的出问题了。她后来配了助听器，耳鸣得到控制后，心情好转，她女儿才了解到，妈妈忍受不了耳鸣，当时遗书都写好了，已经交给了姨妈。

她当时来了以后，说的跟所有耳鸣病人包括邓爷爷一样："我宁愿耳聋，也不愿意耳鸣。"

第二个，是个五十多岁的中年男子。

他是我遇到的第一个震耳欲聋超大声说话的人，邓老才是第二个。

当时，他全家都押着他。诊室门被推开，一个强大的声压像海浪一样排山倒海涌来："我耳朵听得到哈！我不戴助听器！"

女儿女婿、儿子媳妇七八个人，真是好不容易才把他"押"来，那是我们刚开展助听器门诊的第二年，第一次见到这样的病人我也着急。

让他安静下来不如先让自己平静下来。想了想，不能辜负子女们的爱心"押送",但也不能让他感觉我和他是敌对关系。我朝他摆摆手用口型说:"好好,不戴,不戴。"

接着示意他坐了下来,我平静地翻阅了他的检查报告,双耳接近重度!显然听说交流非常困难,我打开电脑,用电脑打字。

"大叔,你好!儿女们也是为你好。既然都来了,我们就聊一聊你的耳朵,配不配助听器,你自己做主,好不好?"

他的怒气还没散去,但点头了。

还是从询问病史开始。

我快速地盲打着键盘:"大叔,根据你的听力检查结果,我的分析,平时孩子们大声在你耳边说话你还是能听见的。"

"就是就是。"他连忙点头,声音还是很大,"其实只要他们大声点,我就可以听得到的,关键是他们平时说话太小声。"

他开始指责别人了,但是这个时候我没有与他争辩。他说的不对,我也要倾听。不倾听,他就发泄不出来。

按照这种方式,他倾泻出来了,我开始慢慢用专业点评他的听力,慢慢让他认识接受。我继续打了一行字:"嗯,你现在一米以内大声说话还是能听到一些,只是要多说几遍才能听清楚。"

见他没有反对,我接着打字,"你现在主要的问题表现在,小声和远距离的声音,你就听不见了,不过,你的听力还没有完全丧失,还剩余一些听力。"

他又是连连点头:"嗯嗯,那是。"

最后,我打下一段话:"所以说,我是想帮你把听起来费劲的那部分声音补偿起来,另外,听你儿女们说,你双耳还有耳鸣,助听器不但可以改善听力,还可以减轻耳鸣。既然你已经来到我的诊室,你可以体验一下助听器,把你的真实感受告诉我,戴这个助听器对你的听力有没有帮助?耳鸣有没有减轻?我不会强迫你买助听器。"

"你如果暂时不想试听也没关系,你想想告诉我?"

我征求他意见,并没有强迫他。我也从来不强迫病人去试戴助听器。

其间,他的全家人鸦雀无声地专注于我和他"无声"的对话。

他盯着电脑屏幕看了这段文字,就说:"那——试试吧。"

助听器调试好,给他戴上。从几乎无声世界到清晰的有声世界,仿佛从沉睡中醒来。他的第一感觉特别好,然后一下子就接受了,全家人都很开心激动啊,准备回家开庆祝会了。

我再问他:"为什么以前那么抗拒助听器呀?是不是觉得难看啊?"

他说:"哎呀,是啊,我才五十几岁,还没老呀!"

他是怕被贴上"老了"的标签。

邓老第一次来的时候,我也是这样获得他的信任,让他戴上助听器。戴上以后,和他说了一会儿话,他的耳鸣很快就减轻了,所以他也一下子接受了助听器。

我常常对学生说:我们的病人是真的不愿意戴助听器吗?我们真的没办法帮到他们吗?不可能。我们对病人说的话一定要注意分辨,一定要认真思考。

第三个,也是一个老太太。

她是我在重庆电视台做《不健不散》节目时遇到的一个患者。

因为耳鸣,她天天闹自杀,躺在地上打滚儿,说不活了。她老头子连班也不上了,天天在家守着她,一步也不敢离开。

我在《不健不散》这个健康节目里刚做完老人和儿童听力两期节目,他俩看到了,给电视台一连打了八个电话,一次比一次夸张。

她说:"我已经受不了了,我的脑袋里面长了一只知了,每天都在叫,能不能找这个专家给我看看。"

她来的时候,把病历带过来了,足足有十公分厚。我一看,好家伙,北京、上海到处都去看过。重庆除了我们西南医院没看过，其他知名医院都看过了。

我当时就笑了："看来我们西南医院名气还不够大啊。你看，北京同仁、上海同济、重庆几所三甲医院……各地的大医院都去看了，就是没来我们医院。"

她急吼吼地说："就是呀，我到处都跑遍了，全身检查也做了，听力检查也做了，偏方也吃了，西药也吃了，啥子办法都想了，就是没得用。简直生不如死，我都轻生好几回了。整个脑袋烦躁得很，痛、昏，有时是知了的叽叽声，有时是高压锅放气的呼呼声。现在天天吃安眠药、头痛粉。"

她是单侧（左耳）突发性耳聋伴随耳鸣，右侧耳听力还是正常的，所以交流没问题。耳鸣则成了她的主诉。

她也是说："听不到没关系，只要没有耳鸣。"

所有的耳鸣患者几乎都是这样说的。他们的痛苦，没有耳鸣的人是感受不到的。

我们刚才说邓成功的耳鸣很严重，但他也就只有一种声音。这个老太太是多种耳鸣。她说耳鸣有时候在耳朵里，有时候又像是在后脑勺里叫。

但是两个星期后，她就不闹了。

她喜欢跳坝坝舞，还是领舞。我给她的方案很简单，一是让她用一个星期的时间搜集五十首坝坝舞曲每天听。她说："搜集这些我不用一星期，两天就够了。"二是，我让她天天回到广场跳坝坝舞去。三是，每天去菜市场买菜。之后，她再也不说想死了。

那些音乐的声音进来了，耳鸣的声音就会被掩蔽，打破耳鸣的恶性循环，就可以建立新的有声世界。

这也是耳鸣治疗方法的一种，声治疗法。

耳鸣不可怕，我们只要融入到有声的环境里，有听力损失伴耳鸣的患者可以通过佩戴上助听器，一方面听力得到了提升，同时，助听器将外界的自然声引进耳朵，烦人的耳鸣声变弱、消失，脑子就轻松了，心情也愉悦了。

特别提醒

耳鸣是患者耳内或颅内产生的一种有响度的感觉。在我国有10%的人出现过耳鸣。但耳鸣的严重程度与强度无明显相关，而与患者的心理紧密相关。

客观性耳鸣，找到具体部位可以对症治疗。

主观性耳鸣分为急性和慢性。

急性耳鸣也请注意，及时治疗尤为重要。

慢性耳鸣，是超过三个月耳鸣，临床治疗基本无效。目前通常采用声治疗、心理习服疗法等。

声治疗，就是声音治疗，是目前我们运用最多的一种方法。其原理是运用助听器等仪器把外界自然的声音引入我们的耳朵或将仪器中储存的特定声音播放给耳朵，以此来掩蔽掉那种枯燥的耳鸣声，85%的耳鸣可以得到改善。

耳鸣习服疗法强调放松训练，目的是让患者得到身心松弛，因此，又称松弛疗法。需要在心理医师的指导下，调整心理认知，从心理上藐视耳鸣。

虽然耳鸣目前根治困难，但已经有不少方法可以控制或减轻甚至消除耳鸣，使耳鸣患者可以正常生活。

关于邓成功这个案例，值得一提的是，随着助听器的芯片技术发展，助听器还具有记录储存功能，也就是实时数据分析记录。助听器里的芯片本身可以跟踪记录患者助听器佩戴的时间长短，在不同环境佩戴助听器所占的比例。比如，邓成功的数据，我们读取时看到，他平均每天佩戴助听器7小时，其中在较安静的环境下佩戴时间占75%，较嘈杂的环境占20%，非常嘈杂的环境占5%。通过数据分析，我们可以制定下一步更精准的助听器调试方案。

八十多岁的退休老干部

83岁

马鹏飞说:"退休几十年,直到现在那些单位、企业还认可我,请我去做顾问,但我今年不准备继续任职了,怕听力问题严重了耽误事儿。"

17

见到马老，我忍不住再看了一遍他的资料。

马鹏飞，今年八十三岁，但眼前的他头发浓密、精神矍铄，看起来不过六十多岁。

他原本已经退休，只是又被几家单位聘用，担任要职，至今仍在工作岗位上忙乎。

我询问他的保养秘笈。

他爽朗一笑，说："我只是思想比较年轻。"

事实上，马老的听力问题十分棘手，很多人戴上助听器一两个月就可以适应了，他佩戴助听器已经有一年之久，大小声音都能听见了，但还常常听不清讲话内容，需要重复两三遍。

面对这样的困境，马老仍活跃在工作岗位上。

"几个月不见啦！"我一到诊室，马老就热情地与我寒暄，"一听说专家给我调试助听器，我就赶回来了。"

"谢谢您的捧场啊！"

"是我要感谢你哟！"马老连忙摆手。

助手在一旁汇报马老听力复查的情况，我翻看着他的听力报告。

马鹏飞，双耳听力重度损失，对比上一次的听力检查，他的听力数据没有什么变化。但是从理论上讲，马老佩戴了一段时间了，听敏度应该好转一些，但言语识别率还是不够。

抬头看马老端坐着，双手规矩地放在桌子上，一副准备听老师上课的板正模样，我问："今天要检查调试，您在家写佩戴日记了吗？"

"有，23日通知我，24日起我就每天做记录。"说着他掏出日记，指着上面的数字说："从早上起床我就戴着，午休取下来，下午又戴上，晚上睡觉才摘下来，一天有十几个小时都是戴着的。"

"马老，您还在工作吗？"

"是啊！每天都上班，一天不接触工作就感觉空虚，有工作才充实。"

"您退休之前是从事哪方面的工作？"

"从事财经方面的工作。我现在的工作内容就是到企业、单位、机关视察开会，今天就是刚从西彭赶回来的。"

"有时候听不到，您怎么工作呀？"

"总有解决办法，开会的时候我旁边坐一个人，专门负责给我转述别人说的话。有人找我说话，靠我近点我就可以听清楚，离我远点我就听不清楚。"

"您原来学的什么专业呢？"

"我没有念过大学，都是后来在工作当中学的。毛主席说世界上怕就怕'认真'二字，我没基础，只有认真。"说完，马老笑了起来，笑声爽朗。

看我们全都不可置信的样子，马老笑着告诉我们。

他6岁时，父母因病双亡，他无依无靠只好去做学徒，那时候什么苦都吃了个遍，个子矮小就搭着板凳淘米洗碗，大一点儿就下苦力，直到土地改革之后才回了家。

生活难以为继，根本就没有钱念书。解放后，是在夜校里面学会认字的，他印象最深的便是三更半夜打着灯笼火把去学习，后来工作之后还去念了党校。

"看来您非常喜欢学习？"

"我喜欢，一直都非常喜欢，学习使人进步，我不工作的时候就看书、看报纸，后来听不清楚了，看电视只能看字幕了，但每天都要看中央新闻、重庆新闻！"

解放后，因为成分好，马鹏飞14岁时被推荐当上了生产队长，后来更是因为工作表现突出，从1955年起便在乡里担任共青团的干部。

"小小年纪当生产队长，队员会听您的话吗？"我问。

"怎么不听？我带头干事，又舍得吃苦，别人都服我，白胡子老大爷都要听我的话。"

"您还有兄弟姐妹吗？"

"我们兄弟姊妹一共四个，父母死后姐姐出去做帮工，妹妹被别人领养走了，姐妹俩直到现在都没有找到，还有一个弟弟，现在七十多岁了。"马老重重地叹了一口气，又说，"只剩我们兄弟俩了。"

"您很厉害呀！"我感叹。

"我当时一个人在农村，还要养一个弟弟，要做饭要劳动，还好组织上给我介绍了一个媳妇，不然这个日子怎么办哟！"

"说明您是好同志，组织上还分配媳妇。"我笑着说。

听到这话，马老哈哈大笑，说："媳妇很好，我们是革命战友，她为我生儿育女，我的大女儿现在都退休了。"

我凑趣："您看上去最多六十岁。"

又是一阵爽朗的笑声，"我只是思想比较年轻。"

"您一生中最骄傲的事情是什么？"我问。

"骄傲的是退休几十年，直到现在那些单位、企业还认可我，请我去做顾问，有什么项目都要请我帮忙掌眼把关，有什么协议也要请我帮忙斟酌修改。"马老眼中满是骄傲。

"您原来在单位上做过什么大的项目吗？"

他思考片刻，调侃道："我不做具体项目，我只是指挥做项目。"

扶持企业发展，马老眼光独到。

某知名工业集团前身不过是一个规模极小的乡镇企业，发展很不顺利，后来因资金不足找到马老，一番调研后，马老看出该企业的发展前景，于是出面帮企业融资渡过难关，果然，一年后该企业腾飞发展，收入近千万，给政府带来丰厚税收。

另一个啤酒厂前期投资上千万，产量大却怎么也打不开销路，后来还打算把厂子卖掉，马老在最后关头力挽狂澜保住了厂子，还出面帮忙联系了另一个知名啤酒企业，用贴标的方式联合开发厂里的啤酒，危在旦夕的啤酒厂被救活了。

"我们都应该向你学习。"我由衷地佩服他。

"我只是敢讲话、敢做事儿。"说完马老又哈哈大笑起来。

"您是退休后耳朵才不好的吗？"

"对呀，2017年听力不好的，才三年时间。"他无奈。

"您是突然听不到的吗？"

"起初是右耳突然一下子就听不到了，几个月后左耳听力也下降了。"

"耳朵听力突然下降，您没有去医院检查一下吗？"

"没有去看医生，我以为人年纪大了，的确应该听不到了。拖了很久才去看的耳朵，我至今记得给我看病的老主任，说我这耳朵是神经受损，治不好了，但是不影响生命，所以该吃吃该喝喝，还提醒我应该适配助听器。"马老声音洪亮。

马老告诉我们，虽然他接受听力下降的事实，但对于耳朵仍有一点希望，后来他也做过多种尝试。显然，都失败了。

听说某医院引进了专家，他就去住了二十天的医院，但是听力并没有好转，直到后来医生护士都动员他出院；听说成都有个中医，他也去看了，吃了十服药，没有效果；听说南京某大学有个教授，专治耳朵，叫他把后脑勺的头发寄去化验配药，后来的回信也是没有把握。

听着他的诉说，在场的人都唏嘘不已。我的很多病人在佩戴助听器前，都尝试了很多方法医治耳朵，西医看不好看中医，中医看不好看偏方，绕了很多弯路，最后才找到我这里。

马老原本以为戴上助听器，就可以恢复正常的听力水平了，但事实并不是这样。他说："我戴着助听器，可以听到自己说话很洪亮，也能听到别人讲话的声音，但就是不知道讲的什么内容。"

马老是突然听不到声音的，听不懂别人讲的内容，这就说明他的识别率不好，我又详细看了他的检查报告，双耳听力不平衡，一侧耳朵声反射未引出，另一侧较好耳个别频率疑似引出。综合种种表现，我分析声反射个别引出不排除是伪迹，他可能不是单纯的蜗性聋，我怀疑他存在蜗后问题，即听神经通路出了问题。

蜗后聋患者在稍微人多的环境下的识别率都差，即使戴上助听器能听见声音，但还是听不太懂。怎么提高他的辨别率呢？我叫助手连接上蓝牙收音设备。

这个设备我也给噪声性耳聋患者曾中华用过，对他的听力补充效果很好，如果在蓝牙设备的帮助下，还是不能提升马老听懂旁人讲话的辨析率，那么极有可能是蜗后出了问题。

这并不是马老第一次试用蓝牙收音设备。

今年一月份，助听器厂家曾经做过一次活动，邀请我去讲课。当时我在台上讲课，台下患者们戴着的助听器就连接了我别在胸前的蓝牙音频转换器，我的声音通过这个蓝牙设备转化成电讯号，无线传送到每个听障患者戴在耳朵上的助听器里，仿佛讲课者就在他们耳边说话一样，字字清晰。

那个活动，马鹏飞也参加了。

我还记得他来得有点晚，坐在最前排，一开始他并没有意识到自己可以清楚地听到我的声音，只是认真地听我讲课，听我介绍助听器、蓝牙收音设备，过了好一会儿，他才恍然大悟，脱口而出："这个东西好，把我耳朵上戴的这个给我就行了。"

他不仅在很多地方医治过耳朵，还去过许多助听器专卖店，由于试听效果不好，所以他一直很排斥配助听器，后来在我们这里试听后，才选配了左耳助听器，他说先试一试效果。他的识别率本来就比较差，还只是单耳选配助听器，助听效果非常有限。但通过那次讲座，佩戴蓝牙助听器听课后，他把右耳也配上了助听器。

今天给马老连接上蓝牙收音设备后，我小声问他："现在我的音量合适吗？"

"合适。"

"我现在打开蓝牙了，听起来怎样？"我问。

"好得多。"

马老先后选配了双耳助听器，从左耳选配助听器到半年后右耳选配助听器，马老每天都认真佩戴助听器，时间超过了十个小时。

那为什么听不清他还在坚持佩戴呢？他说因为要工作，听不清的时候肯定还有，但戴上比不戴要好。

我继续和他交流，希望了解他更多的听力情况，我问："您这三年来，耳朵听力下降了，对工作有影响吗？"

"当然有影响。比如跟人交流沟通不完整了，东一句西一句容易误事，虽然我没有误事，但我今年不准备在一些协会继续任职了，怕以后听力受损越来越严重，会耽误事儿。"

"您有这个了，还可以继续干。"我指指蓝牙收音设备。

我认识一位专家，因为免疫力下降，听力突然下降，现在也用蓝牙收音设备，在多人场合时他就把蓝牙设备，自然地放到对方面前，还调侃说，"你好，请接受我的采访。"以此保证双向沟通更顺畅。

蓝牙收音设备可以让马老在远距离沟通中听得更清楚，讲话者也不需要太费劲儿，如果环境稍微嘈杂一点，蓝牙音频主要传送放大的言语声音，有一定的抗噪声干扰能力，这对于他的工作还是有好处的。

"还是算了，我做不到把这个零件凑到别人嘴下边去，感觉很不方便。"

我理解，并不是所有人都愿意在别人面前暴露自己的听力问题。

"你觉得自己的脾气怎么样？"

"我脾气不好，说话直接，经常训人，这也不是看不惯你，如果你下次有事找我帮忙，我还是会帮助你的。"隔了一会儿，他又说："我也训家里的小孩，训儿子懒惰睡懒觉、不勤奋，也就是现在才不训了，因为他们都大了。老大都退休了，老幺也是五十几岁了，只有看不过去了才说两句。"马老笑着摆手。

突然他又说："戴助听器与否区别还是很大，不戴就完全听不到，是身处无声的世界，只看得到旁人的嘴在动，戴上还可以多少听到一点声音。"

马老的听力问题渐渐开始显露：他的反应变得迟缓，常常不能及时反应我问了些什么，因此在我的问题之外，他反而会说一些其他话题。

这是听障人士常见的现象，因为他们似听非听，不愿麻烦别人再说一遍，以为听到的是这个意思，然后就答非所问地自顾自地说起来。

蓝牙收音设备把我说的话不打折扣地传输到马老的耳朵里面，相当于降低了环境对他的干扰，重点提升了言语声，但马老仍然没有完全听明白。

这样的试听效果明显不如我的预期，于是我问他："你之前在医院检查时，耳朵有没有照过CT？"

"不记得了。"他思考片刻后回答。

"马老，我建议您去照一个CT，再做一个ABR检查，排除听神经的问题。"

如果蜗后神经出了问题，听神经瘤或听神经病等都会使听通路受到影响，便会出现听见声音但听不清楚声音内容的现象，特别是在嘈杂的环境。

内耳CT、磁共振（MRI）检查和听觉脑干诱发电位（ABR检查）可以帮助进一步诊断蜗后病变，如果查出来是听神经瘤，就可以做手术把瘤摘掉，那么听力有可能恢复。

"对于我这个耳朵，我现在都没有什么信心了。"马老有些沮丧。

"你的听力问题确实比常见的要复杂一点，但你也感觉到了，戴上助听器后，周围人已经可以不用大声地跟你说话了。"我安慰他，"我刚刚把你的助听器稍微做了一点调整，进一步降低了周围环境噪声对你的干扰，尽可能地保护你的听力。等检查结果出来了，我们再想办法。"

马老高兴地点头。

这不是一次完美的复诊。

复诊结束，却留下一个大大的问号。

到底是不是听神经通路的问题,让马老听得到声音,却没办法听清楚?

因此我建议马鹏飞,其一尽快去做两个检查MRI或CT和ABR;其二,建议他增添使用蓝牙收音设备提高一些可懂度;其三,建议他交流时,请对方语速放慢一点。

特别提醒

蜗后病变指"耳蜗以后的病变",通常指听神经或听觉中枢通道上的病变。

听力损失按病变部位分类:传导性听力损失,病变位于外耳与中耳;神经性听力损失,病变位于螺旋器的毛细胞、听神经或各级听中枢。其中又分为蜗性聋和蜗后聋。

耳蜗毛细胞病变引起者称为"蜗性聋",病变位于耳蜗;耳蜗以后部位的听神经及其传导径路者称蜗后聋。蜗后聋其特点为语言辨别率明显下降,特别是在复杂的有声环境下,对噪声的抗干扰能力差,就更难听懂说话内容。

蓝牙音频转换器的优势是:可以在无遮挡的条件下,将声音收集后无线传送到远距离(约30米内)的助听器里,并且排除了环境的嘈杂声,主要将言语声传送到助听器里,所以马老能听得清楚些。

混合性耳聋,耳的传音部分和感音部分均有病变。

听见、听清、听懂这三个词是不能等同的概念。目前存在的误区是:大家以为戴上助听器后,听见了,就立即应该听懂;如果没有听懂,就是助听器的问题。

听见:助听器是一个将声音放大的补偿听力损失的听力设备,基本的功能首先是让听障者听见。所以，根据听力损失的不同程度选择助听器功率的大小是最基本的条件。

听清：在安静环境和嘈杂环境下谈话，哪个听得更清楚？显然，嘈杂环境下的噪声会干扰我们听清谈话内容。因此，助听器简单的放大功能就不能满足各种不同环境下的交流。目前，数字式助听器里具有各种降噪抗干扰的功能可以帮助到听障人士在复杂环境下听见并听清。

听懂：听懂则是对声音信息做出的一个辨析与判断。主要依靠耳蜗及蜗后神经、听觉中枢来完成。耳蜗将声信号（频率、强度）辨析后转化成神经冲动，通过听神经最后到达终点站大脑听觉中枢，就算声音已经顺利传递到了大脑，如果听神经和听觉中枢出了问题，听见了也会听不懂了。

比如脑梗的病人，受损部位是在语言中枢，可能就不会说话了，受损部位在运动中枢，可能就动不了。同样，受损部位在听觉中枢，就听不懂了。

蜗后问题不多见，识别率差要排除蜗后问题，但许多听障人士听不懂还不是蜗后问题而是功能性的，是因为长期听不见，识别率下降所致，也就是"用进废退"的现象。

比如我们学习过一种外国语言，但长时间没去听，这门语言能力就会退化。偶尔听见一句，似乎很耳熟然而就是没听懂。这种功能性减退，我们可以通过佩戴助听器后加强训练，多听多交流重拾过去的记忆，逐渐恢复听懂的功能。因此，听力受损后，为避免听力功能退化应及早采取康复措施。

生命不息的百岁老人

98岁

老爷爷说："棺材嘛，是为死人准备的。钱嘛，要拿来救活人嘛。"

18

年轻时，我一直以为助听器门诊只是一个有限的空间，就像我曾经一度以为助听器只是拯救人的耳朵。

当我遇见那位老人，当我听见他说要卖掉棺材换一只助听器，直到我听见他在生命尽头的欢笑，我才真正顿悟。

助听器门诊绝不仅仅是一堵墙壁与玻璃圈起来的工作间，它包含着整个人世间的起起伏伏和悲欢喜乐。那些坐在我面前的病人，那些已经或正在丧失听力的听障患者，他们丧失的绝不仅仅是听力。

那一年冬天，他独自一个人坐了五个小时的火车，从县城赶到重庆来配助听器。要知道，他已是年过九旬的老人。

我至今还清晰地记得他的模样。

他年过九旬，看上去顶多七十岁。五官端正、轮廓分明的脸庞下，垂着半尺长的白胡子。很帅气，很有精气神。

他当时穿着一件老式的翻毛领军用棉大衣，内着衬衣还工整地系了一条领带，走进我的诊室。在他身后，跟着一位四十岁左右的中年男人。我以为是他的子女，交流几句后方知那是搭载他来医院的出租车司机，出租车司机看到老人孤身一人，耳朵又听不见，就好心坚持把他护送上来。

我们为他测试听力，双耳重度感音神经性听力损失，需要特大功率的助听器，这意味着助听器的基础价格不低。

他当时戴上样机试听后，毫不犹豫地决定为双耳选配助听器。

但他准备的钱只能买到一只助听器，我以为他不会配了。没想到他问："我可不可以先配一只，等我回去把棺材卖了，再来配另外一只？"

我惊了，本能地反问："你要把棺材卖了？"

他谈笑自如地回答："棺材嘛，是为死人准备的。钱嘛，要拿来救活人噻。"

他那平静的、慢条斯理带着浓厚的地方口音没有一丝悲哀，没有丝毫对死亡的恐惧，只有对生命的热爱。

我被老人那朴素话语却有着极高的境界深深吸引了，我对助手说，快拿笔来，把老人说的话记下来。如果世上所有的老人都拥有这么积极的生活态度那该有多好啊！

这是我工作这么多年来，接诊过的患者中最罕见的答复。

因为这句话，我一直把他放在心上。

直到现在，我心里还在感慨：老人们如果都拥有这么积极的生活态度该多好。

我猜想，他一定是个不平凡的老人。后来，果然印证了我的想法。

那是他第一次来我们医院就诊。一个月后，第二次来，不过棺材没卖，是侄子赞助他配了另一只助听器。

一般老人来配助听器，我们要求必须要有家人陪同。但是他说："我是传教士，结婚了，但没有生小孩。"

之后我从他断断续续的讲述中，了解到他是一个经历过很多苦难，却依然怀有大爱的老人。

他幼年时，父母双亡，一个传教士教他学会理发讨生活。

少年时，患过肺结核。

青年时，遭逢"文革"，被批斗，直到五十多岁才平反，出狱后才结婚但没有自己的孩子。

晚年时，老伴瘫痪在床。

普通人经历了那么多的疾病苦难，多数都会有些抱怨、沮丧。但是他没有任何怨言，总是乐呵呵地跑前跑后照顾陪伴着妻子。

他说："苦是来修炼人的，要开心地去爱别人。"

这是他的信仰。

他坚信，经历苦难、战胜苦难，才能得到上帝更多的恩典，所以他加倍懂得感恩。

他没有孩子，就把侄子侄女当成自己的亲生孩子对待。资助他们读书，教育他们学会做人。侄子考上大学，他高兴地送侄子出远门求学，从未想着把侄子绑在身边孝顺自己。

他说："无论你在哪里，都希望你更好地服务社会。"

他很有爱心，乐于助人。学会理发后，他靠给别人理发来维持生活，还常常拿钱接济穷人。

受到他的影响，他的侄子、侄女、侄孙女都很有爱心，经常帮扶一些贫困学生和一些贫困家庭。现在很多孩子都长大成人了，有些都踏上了工作岗位，有的当了医生，有的当了老师……各行各业都有。

他常常说："真正的教徒没有贪婪，内心很纯净。"

他是个很无私的人，付出从不求回报，总是为他人着想，九十岁了也不愿意麻烦别人，独自一人坐车来配助听器。

我当时问他："你听不见，是怎么找到我们医院的？"

他说："我随身带着一个小本子和一支笔，一路上靠写字跟人问路打听到医院的。"

这样的小本本，他有几十个。他侄子说："我伯伯没有戴助听器前，听力已经非常差。刚开始只能不断要求别人说话大声点，再大声点。后来大声他也听不见，就只能看口型。再后来他就随身带着一个小本子，别人说什么，他听不见，就让人写在本上。"

之后也不知道他怎么在那么偏远的山区了解到助听器可以改善听力，迫切希望配一个，好与人交流顺畅一点，就说："我一定要去配一副助听器。"

我听了很惊讶，他都九十岁了，还是这么执着，竟然独自一人乘坐五六个小时的火车，千里迢迢来重庆完成康复听力的心愿。

他来我们医院前，曾经让侄子带自己到重庆助听器一条街去了解过。但是家人了解到助听器很贵，又觉得他都九十岁了，没有多大必要，都不支持他配。

一年后，从县城到重庆的火车开通，他就自己一个人又来了重庆。

他第二次来配助听器时，我问他："家人不支持你配助听器，你生气不？"

他微笑地看着我说："不怨他们，他们主要是不了解助听器。"

我向他竖起大拇指："您老很厉害呀，九十岁了还知道助听器。"

他捋捋长长的白胡子，笑嘻嘻地说："我每天要看三个小时的书，所以脑子很好使的。"

难怪他有那样的胸怀，他能说出："棺材嘛，是为死人准备的。钱嘛，要拿来救活人噻。"

显然，他是个与时俱进的老人。勤奋读书，终身学习，让他的思想观念、人生境界不断升华。

爷爷佩戴了助听器后，我们电话回访过几次。他很高兴。不过都不是他接的电话。因为他当时配的助听器，还没有蓝牙电话的功能，日常交流基本解决了，但直接打电话，听得还不是很清楚。

每次都是他的侄子、侄女接听电话。有时,他在旁边听着。

有一次,是他侄子接的。

我问:"你伯伯戴上助听器后,听得怎么样?"

侄子说:"伯伯以前听不见只能看口型很着急,现在戴上助听器后更开朗了,不再用小本本了,他本来就是一个爱说话的人,现在又可以畅谈了。"

"你伯伯会不会发脾气?"

"他不会发脾气,他总是乐呵呵地看着你。"

"你看到他有发脾气的时候没有?"

"我想想,有一次,小小的发了一会脾气。我填写大学申请表时,他觉得我写得不够严谨,就一个字一个字地花了很多精力把事情说清楚,说得很中肯。他就说,做事情不能马虎,需要认真。"

侄子还说,当然他还是没有发脾气,只是很严肃,语气很重。

他很少讲自己受过的伤害,但是看到朋友被迫害致死,他自己花钱为朋友垒了一座坟。

从他身上我们可以再次印证孔子那句话:"乐而忘忧,不知老之将至。"

生命的衰老,谁也无法阻挡。只要精神不老,就会青春永驻。只要我心不老,就会拥有一颗童心。这才是健康长寿的秘诀。

所以他直到晚年都没有什么病患,他总是把自己收拾得干干净净。

还有一次,是他侄女接的电话。

他侄女说:"配了助听器,他不仅特别高兴还有一种盼望。因为他喜欢唱赞美诗嘛,喜欢和大家说笑。他们那一条街的人,没有一家不尊重他,他和大家交流很高兴。他的生命质量有了提高,戴上助听器后,每天都是喜乐的人生,每天都是新的一天。他就是这样用生命影响生命,给大家带来祝福。"

他侄女还说："这些年伯伯戴着助听器还继续行善，我很高兴。"

我问她："你伯伯身体怎么样？"

侄女说："他身体一直还很好，生活完全自理，他把教堂打扫得干干净净。他98岁时，照例为大家做饭，为一大群人熬粥，因为锅很大，他去端锅时腰部骨折了，那是他最后一次为大家熬粥，在住院期间他都还在教育大家如何去做一个好母亲、好儿女……他总是让大家去忙自己的事情，不用总守着他。"

第三次回访电话通了，没人接。

不久后，他侄女回电说："助听器没有电池了，其间有两三个月伯伯都没有戴助听器。"

那个时候，我们还没有开通电池快递邮寄服务。爷爷是个追求生活品质的人，他觉得听不见了就和一个木偶没有区别。

后来，他托一个亲戚来购买了一年的电池。

再后来，大概是他九十八岁那年圣诞节后的几天，他去世了。

他侄女说："圣诞节那天，他还在台上讲话。他说，'这或许是我最后一次站在这里和大家说话了'，但他的话语里没有一丝对死亡的恐惧。"

他去世后，侄女把他的助听器保留下来，作为遗物留着念想。

他侄女说："我们现在很怀念他在的时候，那时他在的时候总是把教堂打扫得干干净净……"

英国诗人福尔克·克莱维尔写过这么几句广泛流传的句子：

你在死亡中探索生命的意义，
你见证生前的呼吸化作死后的空气。

> 新人尚不自知，故旧早已逝去：
> 躯体有尽时，灵魂无绝期。

孔子说："未知生，焉知死。"其实反过来也一样："未知死，焉知生。"

死亡是一种必然，每个人一生下来就开始向死亡和衰老迈进，谁也没有例外。

有人说，人的一生共有三次死亡。

第一次是他心跳停止时，从生物学上他死亡了。

第二次是他下葬时，人们来参加他的葬礼，怀念他的一生，在社会上他死了。

第三次是最后一个记得他的人把他忘记了，那时候他才真正地死了。

我们害怕谈论死亡，可这是生命的必经之路。

但死亡并不是生命的终点，被所爱之人遗忘才是。

这是一个令人难忘的老人。

他一生经历无数坎坷，但他活得坚强，活得美好。

他九十岁来配助听器，九十八岁去世。因为助听器，他生命的最后八年，生命的质量提升了。

他说："生时无憾，死时淡然才是令我们最心安的。"

特别提醒

在我国，老年人占人口比例已高达近20%，随着机体的衰老，听力下降是自然现象，关爱老人，不要忘记关爱他们的听力，享受天伦之乐，良好的听力是我们与老人沟通交流的纽带。

我去调研过部分养老机构和老年大学，养老院里的老龄化程度更高，许多养老院老人平均年龄都在85岁左右，经听力筛查，老人普遍存在着听力问题，因此，既阻碍了老人对外界信息的获取，减少了交流的机会，也增加了工作人员与老人沟通难度。

"关爱今天的老人就是关爱明天的自己"是写给后代的。这让我更加关注老人，关注我们的未来，关注人生的意义。

"像爱孩子一样爱老人"这句口号给我们树立了高标准，也告诫我们都还在努力中。

"老有所乐，老有所为"是我最喜欢的一句口号，也是我将学习追随的未来。老人老去的只是身体，而精神依然充沛。他们的身上有许多财富，如果能在休养身体的基础上，为社会为国家为家庭出一份力，都是一笔不小的资源和财富。

我在想，比如，未来的家庭医生是否可以由退休的医务工作人员来担当呢？某些行业的退休老人也可以通过做企业顾问、做培训来发挥余热呢？

我国是世界老年大国，这个宝库有待开发，多关爱老人吧，从听力康复开始！

爱的传承

99岁

东方一苇说:"老了也要有上进心、好奇心,也要有生活的激情。"

19

一个八十二岁的老太太来找我。当时她推开门，我第一感觉："哇，这个老人跟著名演员秦怡长得真像。"

她虽然已是满头华发，但是颜值依然有种震慑人心的力量，端庄大气、优雅高贵、神采奕奕。凭直觉，这个老人一定很了不起。后来我发现，她果然非同凡响。

她很独立。

像她这个年纪的老人，甚至是比她小的，七十多岁、六十多岁，甚至是五十多岁的人，大多数都是老伴儿或者子女逼着才肯来。来了之后还说，我不戴啊，我坚决不戴，就算配了我也不戴。

可是她认为配助听器不需要跟子女商量，同时她也觉得子女都挺忙，不想给他们添麻烦。她的一个闺蜜是四川外国语大学的老教授，闺蜜说在我这儿配了助听器，所以她马上也来配了一副。

第一次她是跟保姆一起来的。

来了之后，她毫不犹豫地选择了当时功能最全的助听器，单价两万多元。多少老年人在这个年龄段，几千块钱都直呼这么贵呀，一听要两万，更是说："唔，不要不要，太贵了……"

而她的健康消费观很前卫，这也是她的一个特点，我印象很深刻。

后来她每次来买电池，几乎都是独自一个人来。有一次，大概过了三四年，她的一个女儿来买电池。我一看，原来是我女儿小时候的桥牌老师朗朗。我们是好朋友，只是大家各忙各的，有好些年没联系了。

通过她女儿，我对她的了解更加深入，也更加敬佩她。

她生于民国，一生经历不少苦难，却从不灰心丧气，始终保持坚韧不拔的意志和乐观向上的精神，执着追求美好的生活。

她向往自由，勇于尝试。幼时母亲每次给她缠脚，她都将裹脚布扔到大门口的树枝上，所以她生于裹脚年代，却罕见地没有缠脚。到了八十多岁的年龄，她戴着助听器，走遍了世界各地。

她说："老了也要有上进心、好奇心，也要有生活的激情。"

在人生的最后几天，她在ICU里非常从容淡定，交代她其中一个女儿，也就是我朋友朗朗："你去找黄医生，把我的助听器转让给你的姑姑，黄医生说助听器可以传承，可以帮她检查后重新调试。"

如此智慧从容的一个女性，简直罕见。

如此美丽的生命，值得每个人仰望。

我们这本书写到的很多病例，在听力康复的过程中经历了很多苦难，走了很多弯路。但是东方一苇好像从出生开始都是乐观、积极、坚强、充满激情的。

1919年农历十月，她生于安徽。父亲在她两岁时去世，母亲一个人养育了十一个子女，她是家里老幺。

因母亲忙于生活、兄长外出求学、姐姐嫁人，她幼时的生活无拘无束，爬树翻墙、拾松果、捉泥鳅、粘知了……什么都会。这使她养成了独立精神和反抗意识，也使她养成了开朗、大气、坚强、无畏的性格。

她的好几个哥哥都上了黄埔军校，成为国家栋梁。

有一次她的四哥回家，看到这个幺妹聪慧、活泼，生得十分美丽，窝在农村实在可惜，就把她带出去读书。从此之后，她进入了一个全新的世界。

她曾就读于长沙著名的周南女中，著名革命家蔡畅、著名作家丁玲，早年都曾就读于这所学校。

后来她又就读于香港华侨工商学院，学过经济，但是她对经济不感兴趣，她坚信教育报国，之后她又先后就读于北京大学、北京外国语学院。

再后来，受俄国十月革命的影响，她响应国家的号召，决心学好俄文，报效国家。

从此与外语结下了不解之缘。

学习外语的经历，让她的思想变得更加开放、超前。所以后来她能够第一时间接受助听器这种"新鲜事物"，所以她竭尽全力把子女送到国外留学，开阔他们的眼界。

她养育了四个儿女，都是非常优秀的高级人才，成就卓著。两个在美国，两个在国内。她常常告诫他们，一定要报效祖国。

她的女儿朗朗说："我弟弟出国之前呢，妈妈说要送给弟弟一个珍藏多年的礼物，我们一听珍藏的礼物，都很好奇，跑去看，结果是一张中文版报纸。报纸的名称和内容我都记不清了，但是我记得妈妈当时说的话，不管你走多远，不管走到哪里，一定要报效祖国。"

她这种爱国精神一生都没有动摇过。

生于战乱年代的她吃过很多苦。"文革"中她也受到了牵连，怀孕时被关在笼子里不能出来。但是她对生活的热情从未被磨灭，她的理想和追求从未被压倒。

抗战时期，她说在流浪途中感染了腮腺炎，一只耳朵完全丧失了听力，只剩下另一只耳朵听世界了。当时她只有20多岁，但她不曾沮丧或自卑。

作为从苦难中走过来的人,她很会苦中作乐,始终坚强和乐观。而且她很有爱心,喜欢帮助人。在物质匮乏的年代里,她将几个哥哥赠予她的钱财全部捐赠给有需要的人,自己一点也没有留。

她还用自己的行动感染着下一代,将乐观、积极、乐于助人的精神传递给子孙,并竭尽全力带领他们追求美好的生活。

朗朗曾对我说:"在我们的心中,小时候没有痛苦,没有悲悲戚戚,只有欢乐。我小时候,爸爸被劳改,在山上砍竹子,妈妈经常带着我们爬山、看火车。妈妈说,到处都是绿树,到处都是公园。"

"妈妈以前受过很多苦,她从来不跟我们说,我们也没听她抱怨过。直到她临终才给我们说了一些,否则我们什么也不知道。"朗朗说。

在子女眼里,东方一苇和丈夫感情甚笃,他们携手走过50多年的岁月。

东方一苇的丈夫患帕金森综合征,后瘫痪在床。她不顾自己已近80高龄,四处奔走,为丈夫求医问药,在床前照顾三四年,亲力亲为,无怨无悔。

"妈妈对爸爸的那种爱,真的让我们很感动。爸爸喜欢吃牛筋,妈妈就一个人坐很远的公交车跑到解放碑去买。她当时也80岁了。"朗朗说。

一生恩爱的老伴儿去世后,东方一苇没有被悲痛打倒,她很快走出了失去老伴儿的阴影,去迎接新的生活。因为她觉得留给自己的时间不多了,她要多看看世界的美好,所以她立即来配了助听器。

得益于这个助听器,从老伴去世,83岁的东方一苇开始到世界各地游历,探访亲友。她先是把国内的景点游了个遍,又到欧洲、俄罗斯、澳大利亚、新西兰、美国转了一大圈。

她喜欢交友、拍照、写游记,每次游玩一个地方,就把照片和游记分享给自己的朋友。

听见

　　我记得那时，她每次来都跟我说，她又要到哪里去了。每次旅行前，她都会把电池买足，助听器保养好。

　　她非常独立，从不拖累儿女。儿女有空陪，她很开心。儿女没空时，她就独自旅行。没有谁能阻挡她去看世界的美好。

　　有一次她说要去台湾。我以为她要参加老年团，没想到她说就是和年轻人在一起的普通的大团。朗朗还到旅行社签了保证书。因为她是年过80的高龄老人，没有家属陪伴，出了事旅行社承担不了。

　　旅行途中有各种不便，但是她看到的永远都是美好。

　　她回来告诉孩子们，为了跟上大部队，她和另外一个80多岁的同伴，每天起得最早，睡得最晚。她看到台湾的厕所很人性化，每一个厕所都有扶手。她背着很重的背包上厕所，站起来拉着扶手很方便。

　　朗朗说起这段有些心酸："我妈妈毕竟是80高龄的老人了，我却因为工作太忙，不能陪她，感觉心里有些亏欠她。"

　　她说："我们也很佩服妈妈，有一次我姐姐陪她到新疆玩，好像要赶火车，时间有点紧。姐姐说，妈妈80多岁了，她比我跑得还快，最后我们终于赶上火车了。"

　　朗朗笑着翻看母亲的纪念相册，一一指点着照片给我们分享妈妈生前的故事。

　　她去香港寻根，跟李小龙合过影。

　　她满头白发，穿着大红色衣服，在海边提着裙子，光着脚丫撩水，快乐得像个小姑娘。

　　她去世前一年，在澳大利亚体验直升机。"那一年，她98岁。别人问她，你有没有高血压，赶快吃颗药。她说我没有。"

　　我曾和朗朗一起聊过，为什么她的妈妈能够毅然决然地去选择助听器呢？

　　因为她永远都喜欢去尝试、去追求。得益于这副助听器，让她真正在晚年，在最后走的那一刻，没有遗憾了。因为她真的享受生活了。

一苇女士是在海南的时候突然觉得自己身体不行了。

最后几天，在ICU的时候，她非常清醒和理智，平静地把子女叫过去，遗产怎么分配，物品怎么处理，写得清清楚楚，包括助听器。

2014年，一苇女士去世，享年99岁。她的美丽人生从此定格。但是她的精神永存，美好的形象如青春永驻。

一苇女士去世后，她的女儿朗朗来找到我。那是朗朗第二次来找我，第一次是帮她妈妈买电池。

她来，一方面是希望我帮她母亲实现生前的遗愿，把助听器转送给需要的那位姑姑，另一方面是来表示感谢。

她说："我真的非常感恩你给我妈妈配了这个助听器，让她的晚年过得非常开心，享受到了天伦之乐，我们也很放心。"

朗朗的二姐和弟弟都在美国。她姐弟都非常孝顺，二姐每天早上都会跟她妈妈通电话。她的弟弟非常忙，但是每周也会跟给妈妈通一次话。有时候是语音通话，有时候是视频聊天。每次通话前，她的妈妈都会提前检查助听器。这副助听器让他们真正做到沟通无障碍，亲情无障碍。

"如果没有助听器，不可能这么顺畅地打越洋电话。"她说，"然而，直到妈妈去世后，我才认识到助听器对她有多重要。"

朗朗身上有她妈妈的影子，继承了她妈妈那种开朗、乐于助人的精神。当时她来找我时，我给她讲了一些听力康复的故事。她立刻决定做义工，帮助那些还在迷茫当中、对助听器不了解的人，帮助他们走上听力康复之路。

她想要把妈妈的爱传承下去，传承给更多人。

我本来还有些犹豫，要不要写一苇女士，最终我决定还是要写。我在想，为什么我要写这本书？不忘初心，就是让更多人了解助听器和听力康复的重要性，让更多老人的生活过得更加美好，更加有质量，倾听世界倾听爱，活出年轻的感觉。

就像一苇女士那样。

她身上那种精神、那种对生命的热爱非常值得传承下去，不单是她的子女值得传承，我们很多人都需要。

现在，朗朗已经做了6年义工。她把妈妈的那份爱传递给了很多人。

特别是她高中时的班主任老师。

班主任老师也90岁了，她的丈夫93岁。有一次，朗朗和同学去老师家里探望，发现班主任老师的老伴儿反应有些慢，老两口沟通很困难，朗朗凭着几年义工的经验，分析可能是听力的问题。但是班主任老师一直以为老伴儿是老年痴呆了。

朗朗和同学们带班主任老师和她老伴儿来检查了耳朵，冲洗了耳道里的耵聍，测试了听力。班主任老师听力基本没问题，而她老伴儿听力双耳中重度损失。

正好老师的生日快到了，同学们正商量选什么礼物为好，朗朗突然想到，我们何不给老师的老伴配一副助听器，送一份健康快乐给敬爱的老师呢？

助听器配戴十几天后，班主任老师发了一条微信给朗朗。"助听器效果很好，陈老师（丈夫姓陈，是德语老师）很喜欢戴，除了睡觉，一天戴十几个小时。听得也很清楚，我感觉他反应也快了一些。感谢你们。"

朗朗笑着说："我开始还担心他能不能适应，没想到他如获至宝，根本不舍得摘掉。一天戴十几个小时说明对他帮助很大。因为他能够跟人沟通了。"

朗朗说到这个事情很开心。因为她把妈妈的这份爱传递给了她的老师。她老师也很高兴地接受了这份关爱。能帮助到老师，让她觉得很快乐。

不过，并不是所有人都接受朗朗的这份爱和善意，也有部分人不接纳助听器，甚至是抗拒助听器。

有的人是完全不了解助听器。听别人说戴起不舒服就放弃了，自己也不去尝试一下。所以才会有很多患者，比如李志鹏、何有为、西西、久久等走了那么多弯路。

有的是经济问题。其中又分为两种，一种是真的缺钱，一种是虽然有钱，但是消费价值观接受不了几千、上万元买个助听器。

还有的是心理问题，担心戴上助听器别人会怎么看我？

最后一种就是，助听器市场的无序、良莠不齐，以打折为主的销售模式，并未能很好地为听障人士服务。有专业的人士做过市场调研，相当一部分家庭钱花了，助听器也买了，结果患者自己不戴，把助听器放在抽屉里睡大觉了，号称"抽屉式助听器"。

总的来说，百分之九十都是观念的问题。

我说过，康复听力是每个人自己的责任，同时也是对身边的人负责。如果你把钱看得比自己的耳朵、自己的健康更重要，如果把美观看得比听见重要，如果把别人的目光看得比家庭幸福安全工作更重要，这样的价值观岂不是本末倒置。

但是改变一个人的观念太难了。

包括朗朗自己，她说在妈妈去世前，她对助听器也不完全了解。妈妈配助听器前，他们四个儿女都不知道，从他们出生时妈妈有一只耳朵听力就完全丧失了，父亲走后，妈妈的好耳朵听力也开始下降。

她只记得，家里的电话声、敲门声，妈妈经常听不见。妈妈还总是把电视机的声音开到最大，她站在楼下都能听见。但是有了助听器后，就没这种现象了。

其实他们家还是知道助听器的。朗朗说："1987年，助听器最先进入中国的时候，我们就给我爸爸配了一个。但是效果很不好，他受不了。"

那时的助听器还叫盒式机、模拟机，只会单纯地把噪声和说话声音同时放大。跟现在的数字助听器天壤之别。她没想到科技已经改变了生活，助听器也早已变成数字机了，而且功能、样式都发生了几次的升级换代，非常领先。

因为父母一直没有跟自己住在一起，他们又非常忙，妈妈平时也非常独立，不愿给自己添麻烦，喜欢自立自主。所以她虽然非常孝顺，也经常去看望妈妈，但是她并不知道助听器对妈妈那么重要。

她内心还是有些遗憾的。

其实，像绝大多数的人一样，她很爱自己的父母。只是没有意识到父母有那么迫切的需求，他们也还没有到完全听不见的时候，自己忙可能就忘了。朗朗说，现在就需要有人在后面推他们一把，告诉他们你不要等到听力很恼火的时候，没救了，再想起来孝敬父母。

"我们就是要起到一个催化剂的作用。"朗朗说。

这是她做义工的初心。

后来，她惊讶地发现了一个现象。

她做义工的时间越久，对听力康复了解越深刻，她越发觉得这个社会不了解、不接受，甚至是抗拒助听器的人越多。

她有一个关系很好的男同学，母亲在重庆，自己在美国，家里经济条件应该算是很好的。他母亲耳朵不好，朗朗告诉他，班主任老师戴上效果很好，建议他也去给自己母亲配一个。他同学却说："我妈妈有钱，她自己可以做主，不用我管。"

朗朗没有再劝过这个同学，或许美国的子女与父母的关系都各自独立吧。

改变一个人的想法和观念很难。

朗朗说，妈妈去世后，她很想帮助妈妈的三个好朋友，但只帮到了一个。

那个婆婆每次见到她都说："哎呀，幸亏有小蓝，让我听到声音，还这么开心。"

另外两个都没帮到。

其中一个是她妈妈的同学，就是当初介绍她妈妈去配助听器的妈妈的闺蜜。后来阿姨去世了，阿姨的丈夫听力也开始下降了，朗朗就打电话给这位叔叔，告诉他阿姨的助听器还可以使用，只需要将助听器的参数重新调试，再为他定制做个耳模。

但是老爷子耳朵听不见，电话里沟通很困难。朗朗就想跟他的儿女打电话沟通，但是这位老爷子可能是害怕麻烦儿女，坚决不肯把儿女的电话给朗朗。

另一个也是她妈妈的闺蜜。

"我觉得关系很好呀，我想自己出钱送她一个，老人也想要，我都帮老人选好了。但是她儿子坚决不准她要，阻止她要。她儿子说，我妈妈不需要。"朗朗有些无奈，又有些不解。

朗朗猜测："可能是觉得没面子吧，他是儿子都没给妈妈配助听器，我一个外人却来管这个事儿。"

后来，那位老人跟朗朗说："小朗，我为了和儿子搞好关系，也只能不要了。"

再后来，有天晚上，老人的丈夫突发脑溢血，老人听不见。第二天早上，等她醒来，她老伴儿已经离开人世了。

朗朗说，老人原本和老伴儿住在养老院里，两人一间屋，那么近的距离，如果戴上助听器就能听见呼救……

真是可悲可叹。

这其实暴露了一个问题：对于听力不好的人来说，助听器不仅是听力康复的保障，也是安全的保障。

说起这话，朗朗已经没多少沮丧，但看得出还是有些遗憾："我真的很想帮她，一直说一直说，免费送她一个，她都没敢要。"

最后，朗朗把那副助听器转给他人了。

她说："我在修炼自己，不生气不情绪化，帮人也要看缘分。缘分到了，能帮到你很好；缘分不足，我帮得到就帮，帮不到也没情绪。"

从事助听器验配工作二十年，我的很多烦恼也来自于老年群体，无助又无奈，他们需要金钱的支持，但是金钱还来自于子女的认识和孝心。

所以我总结说：助听器看人生，助听器看孝顺。孝顺又分四类，有孝心有能力，有孝心没能力；没孝心有能力，没孝心没能力。

有时候，对于那种还有点良心的子女，我就开玩笑说，这样啊，你就把父母养你吃饭的钱算一下，看多少钱，给父母买个助听器。

还有的时候，我看到子女的无动于衷，也会生气，我就说，你以后也会成为老人家的，有一句话叫做"老人的今天就是我们的明天"。或者说，你少打两盘麻将就省出来一副助听器，那是父母晚年生活的基本需求。

然而，观念改变不容易。

同样，老人的观念也存在问题。我女儿同学的姨妈就是这样，子女也尽到了责任，但是由于前几个月，没有儿女的督促，她就不戴助听器，一个人把自己囚在小屋里，不见天日。

作家臧克家说过，有的人活着他已经死了，有的人死了他还活着。

我们这次回访时，让她子女做做工作，他们说，哎呀，都七八十岁的人了，我们也不想去鼓捣（强迫）她。

我还是欣赏一苇女士的人生态度。

人活着就要绽放，活着就要有追求，活着就要有价值、有意义。

特别提醒

现代数字式助听器,以芯片技术为主体,根据听障者的听力检查图,通过验配软件调试各个频率的增益、调节各个功能。

也就是说,某一款助听器的大小功率适合你的听力损失,都可以在验配软件上进行个性化的参数设置。

那么,这些数据也可以清零,当这副助听器需要转送给另一个人或自己的另一侧耳朵或者变化后(加重或减轻)的听力,都可以根据你现实的听力检查结果重新调试各项参数。

所以说,助听器可以传承。

一百零六岁的婆婆妈

106岁

  我的婆婆妈90岁才开始佩戴助听器,现在106岁,已经更换第二对助听器,听力一直保持稳定,没再继续下降。

20

我跟很多人,特别是我的老年患者都说起过我的婆婆妈——我孩子的奶奶。她从90岁起佩戴助听器,今年106岁。可谓是世纪老太君了。但她的身体还不错,除了血压高点,听力下降,没什么大毛病。

不少人听到这里露出惊奇的目光:"106岁,一个多世纪啊!那么长寿,真是好福气啊!"

是啊。作为子孙我们也时常打趣家里的老寿星:"经历那么多人与事的变迁,走过那么长的心路历程。如果有文学大咖来记录你的故事,一定又是一部传奇。"

她是一位从民国时期走来的小脚女人,姓褚。

很多读者听说过小脚女人,但见过的应该没多少吧?

我第一次见到她时,心里"哎呀"一声:"完全是奶奶级别啊!"她比我母亲整整年长,48岁生下我丈夫。我见她时,她已经是72岁高龄了。

那一年,我24岁。

本来我还有点不知所措,没敢开口叫她。但她一脸慈祥亲切的笑容瞬间融化了我,我开口第一次叫了一声:妈!

看她踮着小脚在屋里忙活。我问她:"缠脚痛吗?"

她微微一笑："怎能不痛。"

后来我每到一座城市出差，都要留意有没有专门为小脚老太做的布鞋。原来北京牌老布鞋还有专做老人鞋的，最近这些年也没有卖的了。

婆婆妈脚虽小，但心却很明亮。民国时期，女孩是不能上学念书的，她就趴在窗户外偷偷听私塾老师讲学，至今还能认一二百个汉字。

她思维敏捷，头脑开明。我和丈夫生育女儿后，我告诉她，我们只能生一个孩子。婆婆妈说，男孩女孩都好。

婆婆妈说话很风趣，她戏称自己，前半生是个"罪"人，后半生是个"福"人。还解释说，"罪"是受过很多罪，意思是受过很多苦；"福"是享了很多福。

她出生在民国，幼年过了一段好日子，可谓大家闺秀。但好景不长，国难当头，她和许多国人一样经历了抗日战争、解放战争、土地革命、"文化大革命"、灾荒遍野……改革开放后，社会逐渐安稳，经济好转，她开始享福了。

她的身体一直很棒。八十岁时血压才开始升高，视力都还好，穿针不戴老花镜，听力也不错，我丈夫每周末与老母亲通电话请安。

一日，丈夫有些纳闷地对我说："最近老妈接电话说两句就不愿意多说了。"

我说："两年前老妈的听力就逐渐在退化，我注意到，她最近接听电话也困难，是需要助听器帮忙了。"

那一年，婆婆妈戴上第一对助听器。

刚开始，她也不适应助听器。但是老母亲为了让我们高兴，每次我们回家时就戴上助听器让我们看。一个月后，我发现老母亲的听敏度没有提升，就暗暗调查。

孙子们报告说："大人们上班出门后，奶奶就把助听器取下来了。"

听 见

丈夫家在北方，我家在南方。第一次到丈夫家时，邻居大爷亲切的问候语"你来了"三个字，我一个字也没听懂，就像许多听力问题的患者听见了却听不懂，好像是来自另一个世界的语言，只有傻傻地装懂笑着。但十几年后，我们互相交流增多，听听说说，我也基本能听懂婆婆妈的方言。婆婆妈也很厉害，她也基本能听懂我说的普通话。

但是，如何适应助听器，如何循序渐进地适应助听器，如何从安静环境过渡到复杂环境，我在电话这端给婆婆妈讲起这些道理很困难。

我对丈夫说："我成功地为好多人选配了助听器，结果老妈的助听器却没戴好，好失败呀！"

丈夫问："什么原因？"

起初，我让在家的大孙子督促奶奶佩戴，帮助她逐渐度过适应期。可孙子一大早出门了，奶奶还没起床，照顾奶奶的保姆也没能担好这个任务。

我思考了一阵子，对丈夫说："看来督促老母亲度过适应期的任务还得交给你来完成。"

丈夫很明白适应的重要性。我们在电话里，我说一句，丈夫就"翻译"成河南话给老母亲听。在丈夫的解说下，老母亲还是很明事理。

丈夫每天上午在老母亲起床后的时间打一次电话，督促她戴上助听器。婆婆妈居然不到一个月就适应了助听器，这超出了我的预期。

她很快又回到了从前那位爱笑爱拉家常的老太君形象。

婆婆妈100岁寿辰时，她的子子孙孙上百人来为她祝福，但我的丈夫，她的小儿子却因工作需要不能回家拜寿。在婆婆妈寿辰的头一天，我丈夫代表我国政府率队前往尼泊尔抗震救灾了。

生日当天，满屋子来祝寿的人都在问，怎么没看见小儿子？

我深知丈夫也极为孝顺，婆婆妈也牵挂着小儿子，于是为婆婆妈接通了远在尼泊尔的国际长途电话。婆婆妈与我丈夫在电话里问长问短。

这时，屋子里一位前来拜寿的表嫂突然发现老太君在自言自语的，她在和谁说话？

我微微一笑告诉她："老太君在和小儿子通电话。"

表嫂对着大家"嘘"了一声："安静，不要吵到老太君打电话了。"

我又笑道："不要紧，老太君的助听器有蓝牙无线接听电话的功能，听电话不受周围吵闹影响。"

大家很惊奇，看到老太君双手捧着手机放在胸前，仿佛和小儿子在面对面交谈一样。大家看明白后又开始热闹地谈天说地了。

那天，老太君与小儿子轻松自然的通话足足有15分钟。

看到婆婆妈的满面笑容，我感到很欣慰："这算是我送给她老人家的最好的生日礼物吧。"

至今，助听器已经伴随她度过了16个春秋，她一直都是自己取和戴以及更换电池。

她很爱惜助听器。

每天晚上睡觉前，都会小心翼翼地把助听器取下来，都会用一块软巾将助听器包起来，放在床头的小盒子里。

每天早上起床后，她洗漱整理好后都会第一时间戴上助听器。

我跟她交代过，助听器的通气孔容易被耳屎堵上，她隔几天就会喊保姆帮忙用棉签清理通气孔。

她从90岁才开始佩戴助听器，现在106岁，已经更换第二对助听器了，听力一直保持稳定，没再继续下降。

如今，助听器已经成了老母亲的健康伴侣。

虽然她已超高龄，但是因为助听器，她的生活过得很充实，一点也不孤独。

她戴上助听器和我们一起看电视。新闻里的国家领导人，她能准确说出名字。

她爱看河南豫剧，我丈夫就去买了许多豫剧的光碟。《朝阳沟》《小二黑结婚》《人欢马叫》《铡美案》《花木兰》《穆桂英挂帅》……她翻来覆去不厌其烦地看。

她也很喜欢聊天。一次，我和表嫂聊到我近期在电脑前坐时间久了有些腰疼，坐在一旁的老母亲插话说："我坐了一辈子，腰也没疼过。"

还真是，骨科大夫告诫我不能"葛优躺"，表嫂传授我太极秘诀，收腹夹臀。而老母亲正是这样的一个经典榜样。她坐椅子沙发从来不靠靠背，无论坐姿还是站姿，脊背都是挺直的。后来我坚持向老母亲学习，挺直腰背，腰部疼痛真的消失了。

我把这个经验传授给女儿，告诉她："挺直腰背不仅形象好，还有利于脊柱健康。"

婆婆妈百岁生日宴后，我开车送她返家途中，和车上的姐姐拉起了家常。刚开始，坐在副驾上的老母亲一直没说话，我看她眯着眼以为她累了睡着了，所以我们把声音压得很低。谁知婆婆妈突然插话道："人在做，天在看。"

坐在后排的姐姐听了，笑着说："妈，你这副'耳朵'可真灵。"

说完我们都哈哈大笑起来。

每年老母亲生日宴会上，都有人会好奇地问，她有什么长寿秘诀？

我想，老母亲的健康长寿的秘诀之一应该是子孙们的孝顺。

无论她在哪里，远方的子孙们都常会打电话给她请安问寒问暖，她也会关心孩儿们的工作生活家庭情况，尽享天伦之乐。

她的几个子女带她走遍了祖国的大江南北，她上过青城山，感受过三亚的海水、哈尔滨的冰雪，到重庆吃火锅、乘坐游轮看三峡、在西安看古城、在北京看升国旗……

我们接老母亲乘飞机来重庆住过好几年，我一有机会就和她说话。

我问她:"助听器好不好?"

她说:"当然好。"

由于许多老人因节俭不舍选配助听器,我故意跟婆婆妈打趣说:"这一对助听器三万多元。"

她不假思索地大笑着回我:"那我也不会还给你了。"

原以为老母亲会和常人一样,会说怎么花这么多钱,太贵了,不戴了,或者说句谢谢之类的话,没想到她是这样的开明、前卫、不失风趣。

我笑道:"婆婆妈有红楼梦里老祖宗的风采。"

她开心得合不拢嘴。

婆婆妈就是这样一个别样的小脚老太君。

她很美,也很爱美。她总是把自己收拾得很整洁,每天早晨起床后都用手沾些水把头发抹顺。

我问她:"你年轻时一定很漂亮。"

她咯咯咯地笑了一阵回答:"我不知道我漂不漂亮,我只知道小时候每到过年时要演戏,大人们就把我拉在最前面去排戏。"

她今年106岁了,真谓"长寿老人"了。去年"五一"节回老家为她做106岁生日的寿宴,到家里的时候,她正坐在屋里看电视。我故意没吱声,从她身后绕到侧面悄悄地蹲在她身边。她一转头看见我就问:"你啥时候回来的?七七呢(我女儿的名字)?"

她的头脑还是那么清醒,还能瞬间认出我,问长问短。头发也没有怎么掉,半年前她的后脑勺甚至长出了一撮黑发。

许多人会好奇,婆婆妈到底有什么长寿秘诀?

我总结了一下,给大家揭秘吧:

豁达的胸怀、吃亏是福的信念、追求美好的愿望、对新事物的好奇。

饮食简单、营养搭配合理、睡眠好。

还有一点,我先生说的,那就是有助听器与她相伴。

特别提醒

助听器近几年的新技术开发之一，就是蓝牙功能在助听器中的运用，其中"手机伴侣"是助听器研发部门与苹果手机和安卓手机等为听障人士联合开发的一项功能。

现在最新一代的蓝牙手机伴侣，助听器可以与手机直接匹配连接，接听电话的听障人士不需要将手机贴在耳边，手机只要在面前就可以和对方通话，解放了双手，且可以屏蔽周围的环境噪声，轻松自如地听电话，仿佛面对面谈话，长时间通话都不感觉累。

听力受损不仅是听觉器官的损伤，而且会导致患者的中枢神经以及大脑信息处理的失调，而后者已经成为威胁人类健康影响至大的疾病之一。

约翰·霍普金斯大学的Frank Lin教授在听力领域进行了深入的研究。研究表明，听力损失超过25dBHL的受试对象，其阈值每增加10dB，其罹患老年痴呆症的风险相应增加20%。听力越差的人，患老年痴呆症越严重。

106岁的老太君是我20年工作中接诊的百岁老人之一，也佐证了听力对健康的重要性。

后记

是他们影响了我。

我的父亲19岁就参加工作,是老家梁平县第一任县志办公室主任,对工作一丝不苟,极端负责任,他一直对我们说:"做人要正,本事要硬。"母亲是新中国成立后,第一批统考的大学生,教书育人、刻苦认真,深受学生们喜爱,被评为中学高级教师。他们的一言一行影响着我。

工作中,呼吸科沈主任、特诊科杨主任和耳鼻咽喉科张主任等学术带头人对医术的精益求精,对病人的关爱负责也深深影响着我。

生活中,我的先生,追求卓越,勇于进取,在孩子30岁生日时他讲了一句话:要把自己的事业和国家利益结合起来,既要享受生活,更要享受工作。

在我接受开展助听器工作时,责任感和使命感便油然而生,新的挑战也拉开序幕。

助听器门诊从建立到健全,从一张桌子、两个凳子、一台电脑开始起步。

助听器验配工作的开展遇到的难题——难沟通,沟通难。

因为我们面对的是听力本身就有问题的病人再加上观念等社会问题,听不见、听不清,沟通就难上加难;也因为听力学在我国还刚刚起步,助听器需要专业验配尚不广为人知。每天只要进入工作室，嗓子就没停过，宣教科普成了助听器验配的一个重要课题。

我尝试用过小话筒，效果不佳，后来很快明白过来，我面对的是不同频率不同程度下降的听障患者，一个单一的麦克风怎能解决这么多频段的问题呢？

好不容易让病人理解了听力问题，体验到助听器的好处，又往往因讲到价格时而拔腿就走，甚至会被病人曲解或误解。

怎么办？既然选择了远方，便只顾风雨兼程。走出去，向同行学习，向前辈学习，甚至向听障病人学习。只要你是真诚的，他们都会教会你很多知识和方法，告诉你许多人生哲理。

虽然遇到过曲解，遇到过误解，但经过用心的沟通，都得到了化解。随着助听器验配工作的深入开展，我不仅收获了专业的知识和技能，更从我每天接诊的听障病人身上看到听到想到了许多，让我进一步懂得生命的价值，人生应该怎样度过才会更有意义。

父亲在退休后写了三本回忆录直到患上了阿尔兹海默症，我便开始收藏那些感人的故事，题目是《趁我还记得时》。

几年前，我在工作中对我的患者或家属说到过，我看到不少听障患者因对听力的不重视，对助听器的不了解，因行业的有待规范等造成康复之路的艰辛，于是想退休后写一写关于听障人士康复历程的故事，帮助大家正确认识听力健康，掌握正确的康复途径。大家听了都一致对我说：赶紧写，早点写。

我被他们深深地激励着。我被我书中的人物深深地影响着。

但也有年轻人说，现在是快餐文化，少写一点，写多了没人看。

还有朋友委婉建议，让名家写几句点评。

我也纠结过。我写书是为了什么？名或利？经过反复思考后，我想，这是第一部关于听力健康与心理社会类的书籍，一定有不少不当之处，理应由我个人承担。

一年前，一位称"苹果校长"的智者鼓励我说，不完美才是完美，不要等退休了，早日完成，奉献社会，造福人类。

不久，年暮的父亲也对我说，把你写的文章给大家看看。

于是，我便有了一种只争朝夕的感觉。

在写作的过程中，受到了重庆出版社、商界传媒集团的鼓励和协助，受到了亲人和朋友的真挚点评。

爱无处不在，是你们鼓舞了我。

当您读到最后这里，亲爱的读者，我也要谢谢您！祝福您！

You raise me up．

To more than I can be．